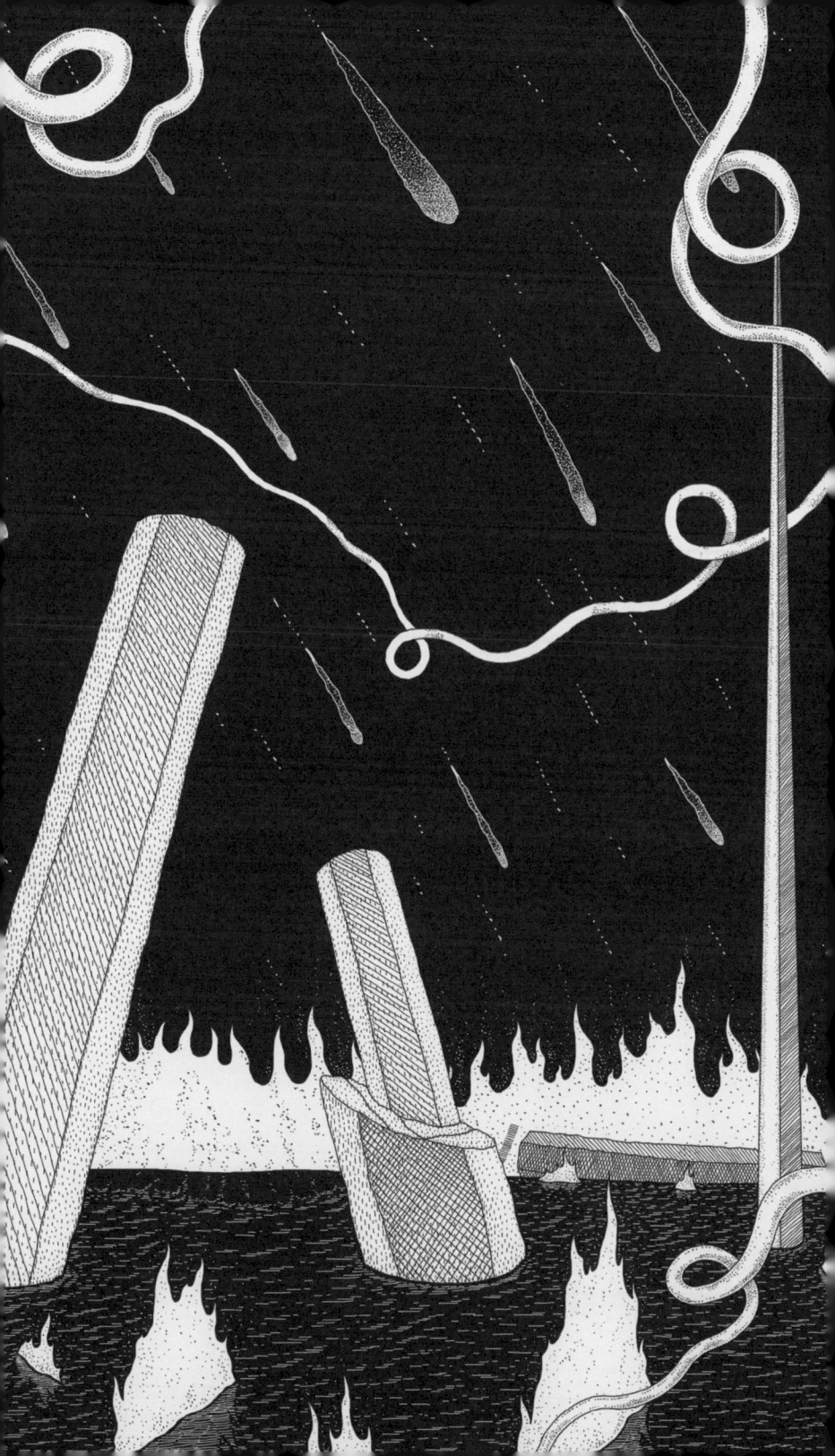

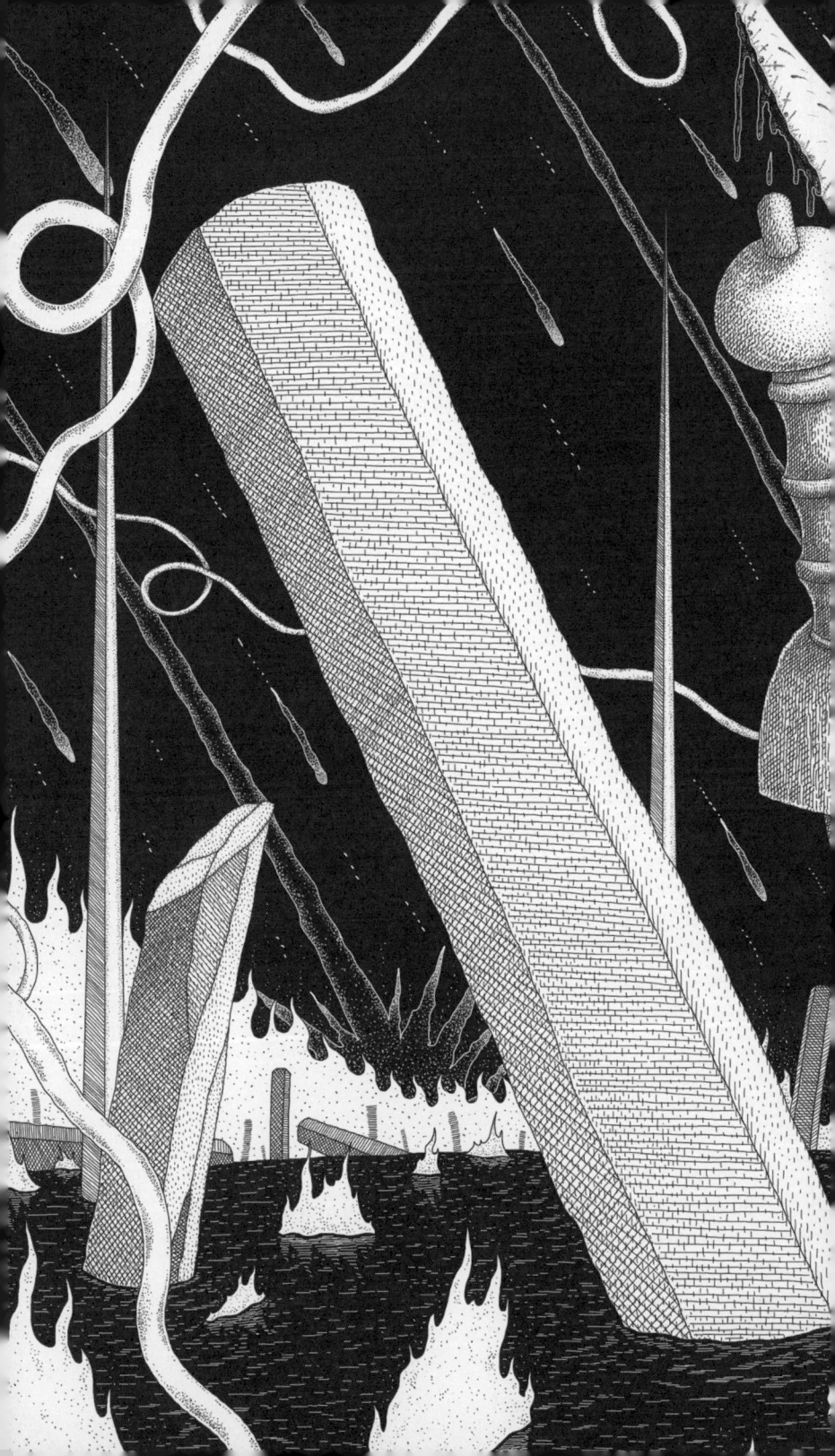

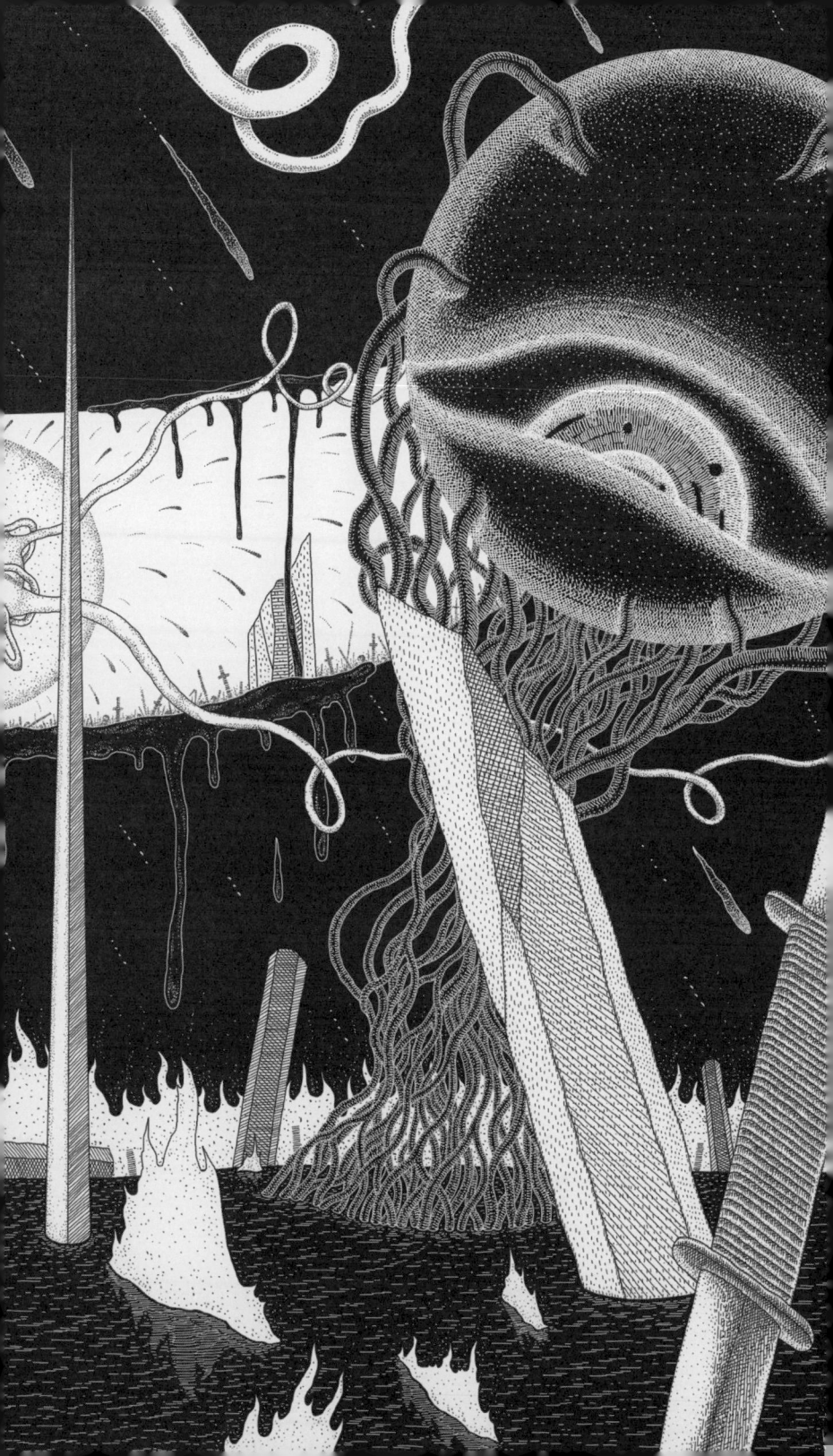

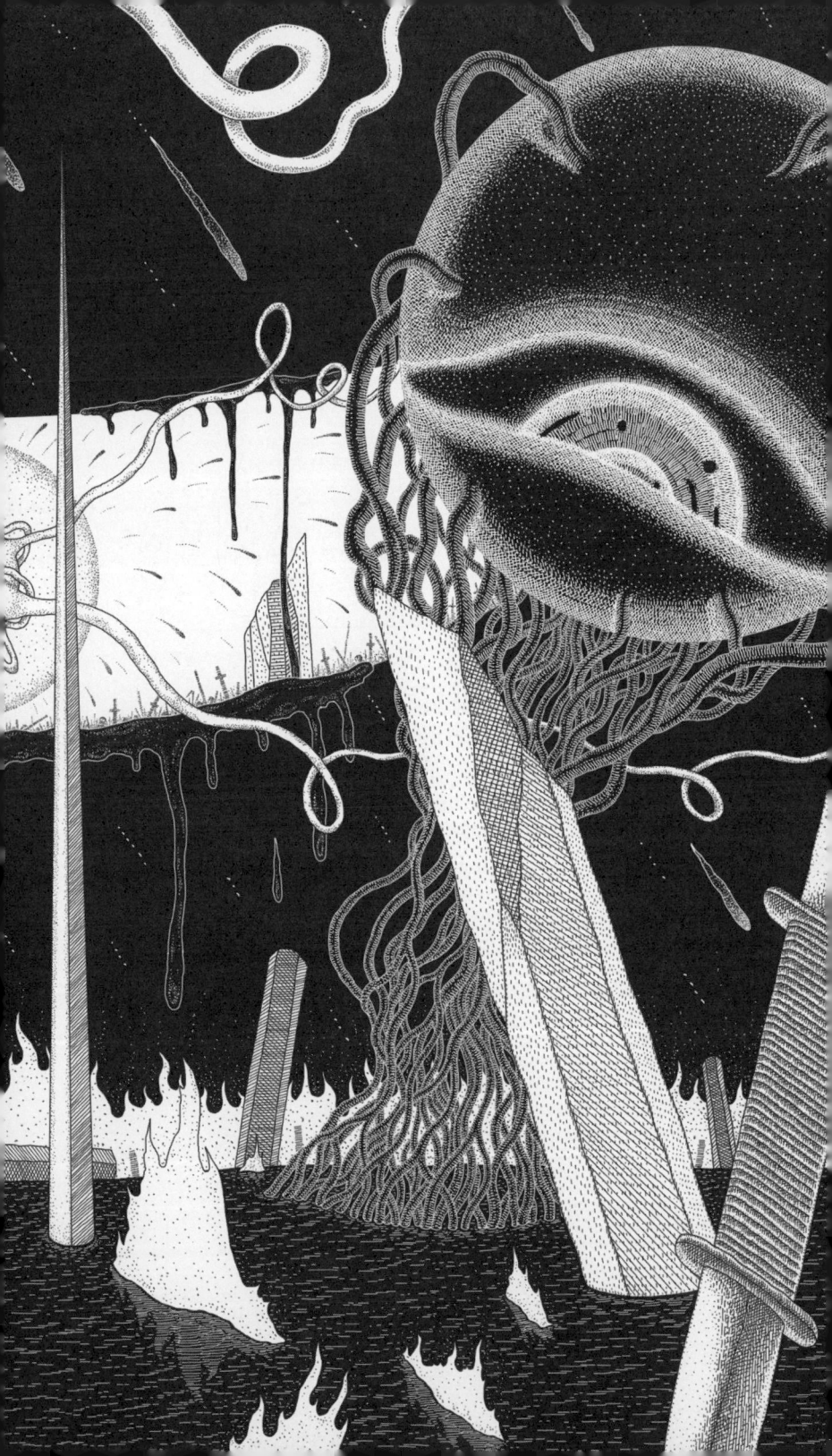

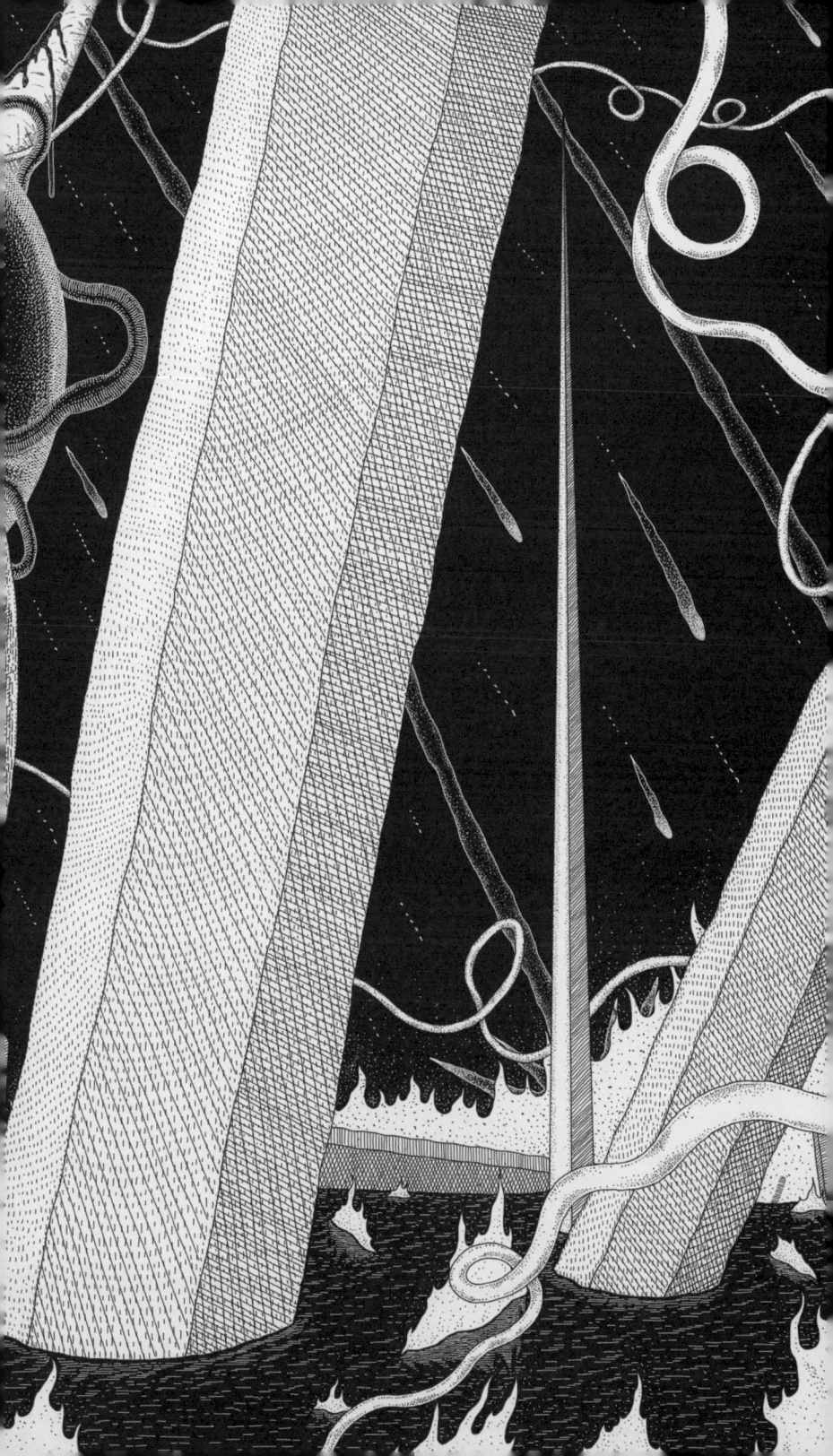

대장장이 왕 8

허교범 소설

◆ 차례 ◆

I 나, 관찰자가 루 도인의 기원에 얽힌
   마지막 이야기를 전한다   013

II 라토와 아리셀리스가 에이어리에게 돌아오고
   벌레가 꿈틀거리며 사람에게 파고든다   033

III 제국군과 반란군이 마지막으로 격돌한 끝에
    전쟁터에 선 사람들의 행보가 정해진다   051

IV 마법사들의 새 지도자 카분이
   부족한 아들을 마음에 들어 하지 않는다   069

V 오카브가 아내를 설득한 다음
   사라진 에이어리를 찾아 다시 떠난다   087

VI 어려운 선택을 강요받은 스타인 왕이
   상황에 떠밀려 마음을 굳힌다   105

VII 에이어리가 마법사 왕국으로 출발하기 전에
    조언자 흉내를 내며 예언한다   121

VIII 신전에 남은 사제들이 투란을 불러
     예상하지 못했던 일을 제안한다   141

157	다섯 중 하나, 제국 수도가 침략당하기 직전 황제에 대한 암살 시도가 벌어진다	IX
175	다섯 중 둘, 에젠 황제의 생명을 손에 두고 수가 칼날을 만지작거린다	X
195	다섯 중 셋, 두 제국군의 전쟁을 앞두고 옛 전우들이 다시 하나로 뭉친다	XI
213	다섯 중 넷, 그라스 시비스의 기병대가 제국 수도를 점령하고 황제가 피신한다	XII
233	다섯 중 다섯, 라토와 아리셀리스가 마법사 왕국을 공격하다가 탑 위에 선 카분을 발견한다	XIII
253	대장장이 왕이 마법사들의 내전에 휘말려 귀중한 무기를 토막 내어 녹인다	XIV
273	쿠오피오의 안개가 돌아오지만 에이어리는 바로 떠나지 못한다	XV
289	작품 해설	

I

**나, 관찰자가 루 도인의 기원에 얽힌
마지막 이야기를 전한다**

- 한, 한.

한은 눈을 번쩍 떴다. 먼저 시야에 들어오는 것은 밤마다 세상을 가득 채우는 암흑이었다. 어디서 왔는지 모르고 만질 수도 없지만 무한하게 생겨나는 물질이었다. 마법사들은 이 어둠을 그들이 지닌 힘의 기원이라고 믿었다.

- 왜? 내가 또 악몽을 꿨어?

- 그래.

- 그랬구나.

한은 몸을 일으켜 아기가 잠들어 있을 작은 침대 쪽을 쳐다보았다. 실제로는 아무것도 보이지 않았지만 그렇게 해야 안도감이 느껴졌다.

- 유는 잘 있어.

부인의 말을 듣고 나서도 한은 가슴이 진정되지 않았다. 같은 꿈을 꾼 것이 몇 번이었던가. 그 목소리는 용기 있는 젊은

이가 두려워 잠에서 깰 만한 경외심을 불러일으켰다.

― 한, 너는 네 동족을 데리고 탈출해야 한다. 그러지 않으면 영원히 마법사 왕의 지배에서 벗어나지 못할 것이다.

꿈속에서 한을 괴롭히며 같은 말을 반복하는 사람은 나였다. 나는 한때 대장장이 왕이었으며 마법사 왕 세타세와 함께 그들을 만들었다. 그들은 나의 실수 때문에 세타세의 지배 아래 있었고 비참한 시절을 겪었다.

그들을 세상에 나오게 한 것이 더 큰 죄였을까, 아니면 그들의 신병을 세타세에게 넘기는 계약이 문제였을까? 어느 쪽이라고 확신할 수 없다. 나는 마땅한 벌을 받았다. 사람도 유령도 아닌 존재가 되어 긴 세월을 지냈다.

벌을 받고 나서야 잘못한 일을 바로잡을 생각이 들었다. 이미 만들어 낸 루 도인을 전부 죽이는 것은 참다운 해결책이 아니었다. 나는 자식과 같은 아이들을 죽일 수 없었다. 대신 나는 그 아이들에게 사람과 같은 자유를 주고 싶었다.

그러나 세타세와 약속한 10년이 끝나기 전까지는 어떤 주박에 걸린 것처럼 그들의 삶에 개입할 수 없었다. 이후에 겨우 한의 꿈속으로 들어갔다. 현실에 영향을 끼치기 어려운 내가 사용할 수 있는 최선의 수단이었다. 목소리를 그대로 사용하지 않은 것은 한이 어린 시절 들었던 내 목소리를 기억할지도 모르기 때문이었다.

이제 한의 피부는 루비와 같은 빛깔로 투명하게 빛났다. 그가 흘리는 땀은 피부색 때문에 옅은 피처럼 보였다. 하지만 실제로는 남들과 같은 땀에 불과할 뿐이라 손가락으로 쓱 닦아 낸 다음 다시 잠들 수 있었다.

루 도인들의 숫자가 아직 얼마 되지 않았기에 작은 마을 하나에 전부 수용할 수 있었다. 아침이면 그들은 한데 모여 인원을 점검했다. 마법사들의 가문을 상징하는 보석처럼 각양각색으로 빛나는 그들의 반투명한 피부는 영원히 지워지지 않을 각인으로 남았다. 본래 내가 처음 만들었을 적에는 피부색이 다양한 사람들과 전혀 구분할 수 없는 외모였다.

세타세는 그것이 부당하다고 생각했다. 만들어진 자들이 원래 존재하는 사람에게 섞여 들어가려고 하다니. 그렇다면 구분이 사라지게 되지 않는가. 그래서 그는 이들에게 징표를 남겼다.

모임이 파해도 한은 부인과 아들만 먼저 보내고 좁은 광장을 서성거렸다. 진이 기다렸다는 듯이 그 곁으로 다가갔다. 둘은 나이가 비슷했다. 한의 피부가 루비색으로 은은히 반짝인다면 진의 피부는 에메랄드빛이었다.

—또야?

―그래.

진은 한의 말을 듣고 자기의 확신을 담담히 전달했다.

―그건 신이 주시는 말씀이야.

―신이?

―그래, 우리는 신의 명령을 따라야 해.

―신이라면 나에게 말씀하셨을 리가 없지. 너라면 모를까.

―누구에게 말씀하셨는지는 중요하지 않아. 우리가 모두 그 사실을 공유한다면 말이야.

―그건 안 돼. 마법사들에게 협력하는 밀고자가 분명히 한 명쯤은 있을 테니까.

진도 그 사실을 부정하지는 못했다.

―밀고자는 영원히 있을 거야, 한. 그래도 언젠가는 계획을 추진해야지.

이쯤 되면 처음부터 한보다 용감한 진의 꿈속에 나타나는 편이 더 지혜로운 선택이었겠다는 핀잔을 들을지도 모르겠다. 그러나 내가 모두의 꿈속에 들어가서 말을 전할 수 있는 것은 아니다. 한은 내 목소리를 쉽게 듣지만 진은 거의 영향을 받지 않았다. 어째서인지는 모르겠지만 각자 내 목소리에 반응하는 능력이 달랐다.

이 무렵부터 나는 유령 같은 몸을 지니는 대가로 미래로 연결된 희미한 가닥을 해석할 수 있게 되었다. 그런 내게 한이 아닌 다른 사람이 루 도인을 이끄는 미래는 너무 미약하고 위태로워 보였다.

─ 그래도 무엇을 해야 할지 전혀 감을 잡지 못하겠어. 저 마법사 왕을 상대로 도망치는 것이 정말로 가능할까? 그보다 강한 사람은 세상에 없어.

루 도인들은 가까이서 세타세의 무서운 힘을 매일 체감하며 주눅이 들어 있었다. 나는 내 자식과 같은 아이들에게 말하고 싶었다. 미래의 가닥을 보면 너희들이 탈출할 가능성은 분명히 존재한다.

그러나 세상의 어떤 영웅도 그런 확신을 지니고 위대한 일을 해내지 못했다. 불확실한 상황에서도 작은 믿음을 버리지 말고 실행해야 한다. 관찰자로 보낸 삶은 그 도전이 거듭해서 실패로 끝나는 모습을 지켜보기 위해 준비된 자리와 같았다. 그래도 도전자 없이 절망의 지배가 저절로 약해지는 법은 없었다.

─ 반드시 세타세를 이겨야 탈출하는 것이 아니야. 그를 피해서 멀리 도망치면 돼. 그분께 물어보자. 그분이라면 답을 아실 거야.

진의 말에 한도 동의했다.

― 그래, 그분은 세타세의 하수인이 아닐 테니까.

― 누구보다도 세타세를 미워하는 분이겠지.

한과 진이 찾아가는 이는 유일하게 인원 점검에 나오지 않는 것이 허용되는 루 도인이었다. 그녀는 내가 세타세와 최초로 만든 다섯 루 도인 중 유일하게 살아남은 이였다. 둘은 아직 불완전한 기술 탓에 수명이 짧아서 일찍 죽었고, 나머지 둘은 세타세가 벌인 실험의 부작용으로 죽었다. 내가 개입할 수 없는 10년 사이에 일어난 일이었다.

두 청년은 루 도인 마을 외곽에 따로 떨어져 있는 움막으로 발을 옮겼다. 몇 년 만이었다. 이 움막의 주인은 누구도 만나려고 하지 않았다. 예외가 있다면 루 도인의 적, 세타세였다.

― 누가 왔느냐?

인기척을 느끼고 안에서 묻는 목소리는 아직 애티를 벗지 못하고 있었다. 한과 진보다 오히려 어리게 느껴졌다.

― 저는 진입니다. 옆에 한이 같이 왔습니다.

― 너희들이 누군지 나는 몰라.

― 저희는 세타세의 종입니다.

― 스스로를 그렇게 부르는 자들이라면 더욱더 할 말은 없겠구나.

이 당시 루 도인은 스스로를 세타세의 종이라고 불렀다. 루 도인 땅으로 도망가서 그 땅의 이름을 흡수하기 전이었다.

─타라 님. 저희들은 그 신세에서 벗어나고 싶어서 여기까지 왔습니다.

움막 바깥으로 머리 하나가 불쑥 나왔다. 오랜만에 보는 얼굴은 몇 년 전에 얼핏 봤던 것과 조금도 다르지 않았다. 아무리 보아도 한과 진보다 어려 보였다. 두 청년도 그 사실을 눈으로 확인하고 움찔거렸다.

그러나 그들이 더 당황한 이유는 그녀의 피부가 자기들처럼 반투명하게 빛나지 않는다는 점에 있었다. 세타세의 낙인은 그녀에게만 예외가 되었다. 그녀는 보통 인간과 구별이 되지 않았다.

─방금 뭐라고 지껄였지?

─그 신세를 면하기 위해서 왔습니다. 도망치려고요.

진이 머리를 조아리며 대답했다.

─그렇게 비굴한 태도를 보이지 마. 나도 너희와 같은 비천한 존재야.

─하지만.

진의 말을 타라가 단호하게 잘랐다.

─마법사 왕의 총애를 받는다는 사실이 나를 너희보다 훌륭하게 만드나? 오히려 더 비참한 존재로 떨어지는 게 아닐

까? 그는 나도 존중하지 않는다.

　진은 자기 허리가 잘린 것처럼 움찔했다.

　ㅡ내 피부가 투명하지 않은 것은 세타세가 그걸 아주 징그럽고 불길하다고 여기기 때문이야. 그러니까 너희들은 여기를 탈출할 권리가 충분하지. 세타세가 너희들을 혐오하니까.

　나는 여기서 타라의 말에 전부 동의하지는 않았다. 사랑받는다고 해도 한과 진과 다른 이들에게는 탈출할 명분이 충분했다. 다만 한과 진이 깊이 생각하지 않고 충동적으로 타라를 찾아간 것은 매우 위험한 일이었다는 사실을 밝히고 싶다. 타라가 세타세를 미워한다는 것은 루 도인 사이에 퍼진 소문이었을 뿐 별다른 근거는 없었다.

　타라가 그들을 보호해 주지 않고 밀고자가 되었다면 둘은 목이 매달리는 신세가 되었을 것이다. 타라가 세타세를 싫어한다는 소문이 사실이라서 다행이었다. 이들이 타라를 찾아간 것이 좋은 일이었는지 나는 지금도 확신하지 못한다. 그러나 그녀가 아니었다면 탈출을 시도하는 것조차 불가능했다.

　ㅡ그러면, 그러면 저희를 도와주시는 겁니까?

　한이 용기를 내어 물었다.

　ㅡ어째서 내 도움이 필요하지? 지금 당장이라도 도망쳐.

　ㅡ왕이, 세타세가 추적해 올 겁니다. 저희로서는 막을 수 없

습니다.

−그건 그렇군.

타라는 눈을 내리깔고 혼자 생각하다가 재미있는 일이 떠오른 것처럼 킥킥 웃었다. 한과 진은 여전히 신하처럼 그 앞에 공손하게 서 있었다.

−세타세는 죽을 때까지 너희들을 추적할 거야. 그 사람의 집요함을 잘 알지. 집요하고 자존심이 바다 같은 인간이야. 너희가 감히 도망친다면 절대로 용서하지 않을 거야.

−방법이 없을까요?

−있어.

−있다고요?

−당연히 있어.

−뭔가요?

타라는 좌우를 살피더니 두 사람을 안으로 초대했다.

−모두가 듣는 곳에서 그런 이야기를 할 수는 없지. 안으로 들어와.

한과 진은 머뭇거리며 움막의 입구를 열고 들어갔다. 낮은 곳을 통과하느라 숙였던 고개를 들자마자 두 사람은 바닥에 넘어질 뻔했다. 바닥이 미끄러워서가 아니라 안쪽에 펼쳐진 별천지에 정신이 황홀한 까닭이었다.

겉으로 보기에는 한과 진과 다른 루 도인들이 사는 작은 움막과 다르지 않았다. 그러나 마법사 왕의 손길이 미쳤는지 그 안쪽은 몇 배나 더 넓었다. 어쩌면 다른 루 도인들의 집을 전부 합쳐도 이 공간에는 상대가 되지 않았다.

높다란 천장은 가운데서 모이는 구조였는데 사방에 그림을 그려 놓았다. 어디서 근원했는지 알 수 없는 신비한 괴물들과 능력을 자유자재로 펼치는 마법사들의 모습과 흉포한 용이 보였다. 특히 용은 그림들 사이에 똬리를 틀고 앉아서 다른 이들의 소통을 방해하고 있었다. 그 당시만 해도 이런 종류의 용이 세상에 아직 몇 마리 남아 있었으니 완전히 상상해서 그린 그림은 아니었다.

- 저 그림은 악취미야. 볼 때마다 소름이 돋는다니까.

한과 진이 용에게서 눈을 떼지 못하는 것을 보고 타라가 설명해 주었다.

시선을 아래로 내려도 당황스럽기는 매한가지였다. 제국과 자유 동맹과 그 밖의 지역에서 엄선한 직물과 보석과 잔과 그릇과 온갖 호화로운 물건이 타라의 집을 가득 채우고 있어서 어느 곳에서도 눈이 안정을 찾지 못했다. 그들은 이토록 빛나고 색이 요란한 것들을 태어나서 처음 보았다.

두 청년의 마음에서 두려움이 땀처럼 솟아났다. 이토록 세타세에게 사랑받는 이, 심지어 이름을 단음절로 지어야 한다는 원칙조차 무시할 수 있는 사람에게 같은 편이 되어 달라고 말하는 것이 옳았을까?

— 이미 늦었어.

— 예?

— 그런 건 결행하기 전에 고민했어야지. 나를 만나고 난 다음에는 내 말을 믿는 수밖에 없어. 내 입을 막기 위해 죽여도 세타세는 너희들 짓인 걸 알 거야.

한과 진이 풀 죽은 모습을 보고 타라는 태도를 바꾸어 인자하게 말했다.

— 그래도 난 너희들을 자유롭게 해 줄 수 있어. 세타세는 내 앞에서 긴장을 풀고 무방비한 상태가 되니까. 우리가 그 사람을 죽이면 돼.

말도 안 되는 제안이었지만 타라의 목소리는 인자하고 달콤하게 들렸다.

— 대신 나도 너희와 함께 가겠어. 그게 조건이야. 세타세를 죽이고 내가 여기 남을 수 있다고는 생각하지 않겠지?

세타세가 죽은 과정을 다시 자세히 늘어놓는 것은 내게 기쁨이 아니다. 그는 나를 이해하는 몇 안 되는 친구이자 내가 가장 원망하는 적이었다. 매력 있고 능력이 빼어난 사람이었으나 악독하고 잔인한 면이 있었다. 한 사람을 평가할 때 그의 모든 면을 받아들일 자신이 없다면 차라리 입을 열지 않는 쪽이 낫다.

세타세의 최후는 하나의 장면으로 충분하다. 겉은 초라하고 안은 궁전과도 같은 움막으로 들어온 세타세는 하늘하늘한 천으로 몸을 감싼 타라를 보고 긴장을 푼다. 타라는 눈빛과 손짓의 교태로 그를 현혹한다. 세타세의 눈에 황금과 보석과 비단이 새겨져 반짝이는 순간 빛에 속하지 않는 창조물 하나가 맹점을 파고들어 창조자에게 칼을 휘두른다.

세타세는 그들을 너무 빠르고 강하게 만들었다. 그들을 영원히 지배할 생각이었다면 처음부터 더 열등하게 만들었어야 마땅했다. 마법사 왕은 대가를 치렀다. 땅에 피가 뿌려지면서 계약이 만료되었다는 도장을 찍었다.

타라는 거인이라고 불릴 만한 위대한 사람의 마지막 모습을 가만히 지켜보았다. 놀랍게도 그녀에게서 애틋한 기운이 느껴졌다.

- 가자, 한.

세타세의 종으로 불리던 이들은 하나도 남지 않고 모두 탈출에 동참했다. 그들은 어른과 아이를 가리지 않고 강인한 체력으로 계속 달렸다. 길을 막은 것은 세타세가 만든 자연의 장벽이었다. 그가 하늘을 향해 외쳤더니 땅에서 솟아났다는 산이었다.

마법사들이 이 산에 풀기 어려운 마법 함정을 설치한 것은 훗날의 일이었다. 이날 세타세의 실험체들이 벌인 일도 분명히 영향을 끼쳤다.

세타세의 신하들은 다음 날이 되어서야 무슨 일이 벌어졌는지 알았다. 예전에도 세타세가 타라를 찾아가 밤새 머문 적이 많았던 탓에 사태를 파악하기까지 시간이 걸렸다. 그들은 규모가 크지 않은 추적대를 보내면서 좋은 결과를 기대하지 않았다.

-우리는 왕의 죽음을 있는 그대로 알리지 말아야 합니다. 이분에게 걸맞지 않은 치욕스러운 죽음을 숨기고 품위를 지켜 드려야 합니다. 그렇게 하지 않으면 겨우 뭉쳐 있는 여섯 가문은 다시 갈라질 겁니다.

한때 타라와 한과 진과 다른 루 도인들이 살았던 곳은 흔적도 없이 철저히 정리되었다. 마법사들의 역사에서 그들은 아예 존재한 적도 없는 존재가 되었다. 세타세는 방부 처리 과정을 거쳐 마법사 왕국의 아이들을 울리는 전시물이 되었다. 일그러진 표정을 평온하게 만들기 위해 마법이 동원되었다.

이제 루 도인의 비극을 이야기할 차례다. 탈출한 이들은 모두 타라를 칭송했고 타라는 그들에게 저녁을 대접했다. 모두에게 공평하게 죽 그릇이 돌아갔다. 지금까지 입에 댄 적이 없는 황홀한 느낌을 주는 음식이었다.

타라는 한과 진을 비롯해서 모든 사람에게 약효가 도는 것을 확인한 다음 그들에게 제안했다.

-내가 듣기로 이 땅은 옛말에 따라 루 도인이라고 불렸던 적이 있다. 그러니 이제 우리의 이름도 땅의 이름을 이어받아 루 도인이라고 하자. 그러면 아무도 우리가 어디에서 기원했는지 알지 못할 것이다. 우리는 루 도인이다.

한과 진을 비롯한 모두가 그녀의 마지막 말을 따라 했다.

-우리는 루 도인입니다.

-우리의 과거는 잊어라. 우리는 신을 섬기는 천사의 후손으로 이 땅에 왔다.

-우리는 과거를 잊을 것이고 신을 섬기는 천사의 후손으로 이 땅에 왔습니다.

타라는 낭랑하게 울리는 목소리의 조화에 기분이 좋아졌다. 이제 본론을 꺼낼 차례였다.

-그리고 너희들은 영원히 늙지 않고 젊음을 유지하는 루 도인 여사제를 섬길 것이다.

그런 사람은 세상에 한 명밖에 없었다.

―우리는 젊음을 유지하는 여사제를 섬길 것입니다.

―너희들은 마법사 왕국과 상관이 없다. 그와 관련한 모든 것을 잊어야 한다.

대답하기 전에 몸을 움찔하는 사람이 몇 명 나왔지만 저항은 길지 않았다. 약효는 그만큼 강력했다.

―우리는 잊을 것입니다.

―내 명령은 영원하다.

―그 명령이 영원합니다.

루 도인 최초의 지배자이자 사제인 타라는 하나가 된 목소리를 만족스럽게 들으며 잠들었다. 루 도인들도 긴 망각의 잠을 잤다. 아침에 일어났을 때 이들은 루 도인이 되어 있었다.

모든 것이 내 뜻대로 되지는 않았다. 루 도인들은 탈출에 성공했지만 대신 타라의 지배를 받게 되었다. 내가 희미하게 보았던 가능성이 밝게 빛나는 줄기를 제치고 진짜 현실이 되었다.

루 도인들은 마법사 왕국과 세타세에 대해서 잊고 가짜 진실을 기억했다. 그러나 그들은 대장장이 왕이 자기들을 만들었다는 사실을 완전히 잊지는 못했다. 그리고 세타세에 대한 분노도 가라앉힐 수 없었다. 타라가 그들에게 세타세를 잊게 하는 바람에 이 격렬한 감정은 세상 전부를 향한 증오로 바뀌었다.

  나는 이 순간을 기점으로 진정한 관찰자가 되었다. 대장장이 왕 시절의 버릇을 고치지 못하고 함부로 손을 댔다가 다시 역사를 꼬이게 한 것에 대한 반성이었다. 내가 개입해서는 아무것도 올바르게 되지 않는다. 나를 구원할 수 있는 사람은 나 자신이 아니다.

  에이어리, 나를 이 저주받은 운명에서 풀려나게 할 32대 대장장이 왕은 잠깐이나마 나에게 실체를 주었다. 우리는 얼굴을 마주 보며 대화를 나누었다. 이것은 끝이 다가왔다는 징조라고 말할 수 있다. 관찰자는, 나는 곧 세상에서 사라져야 하고 또 사라질 것이다.

타라가 시간을 거슬러

젊음을 유지할 수 있었던 것은

세타세의 마법 덕분이었다.

세타세는 그녀에게 아무것도 설명해 주지 않았다.

타라가 마법사 왕국을 떠나자

막혔던 둑이 무너지듯 시간이 거칠게 쇄도했다.

루 도인들은 탈출하던 날 밤에

사제가 남긴 영원한 명령을 기억했다.

그들은 몇 달 후 타라가

눈에 띄게 늙은 것을 확인한 다음

사제 자리에서 강제로 끌어내렸다.

그 자리는 젊은 루 도인 사제가 대신했다.

그녀에게 허락된 임기도

인간의 수명만큼 길지는 않았다.

II

라토와 아리셀리스가 에이어리에게 돌아오고
벌레가 꿈틀거리며 사람에게 파고든다

- 이 물건을 전해 주지 않는다면?

　라토가 할 법한 생각이었으나 정작 그 의견을 드러낸 것은 아리셀리스였다. 라토는 오히려 강하게 반대했다.

　- 그건 안 돼.

　- 대장장이 왕이 죽는 것을 바라지 않아서?

　- 아직 우리가 하는 일에 대장장이 왕이 필요하기 때문이지. 우리가 그의 몸에 알을 넣어 둔 덕분에 알툰세는 대립하는 두 힘을 모두 갖춘 완전한 존재가 되었어. 하지만 그것만으로 충분한지 누가 알겠어? 누구도 전에 같은 일을 해 본 적이 없었잖아?

　라토와 아리셀리스의 정신은 이제 거의 하나로 통합되어 있었다. 두 사람도 그렇게 확신했다. 그러나 라토의 마음 한쪽 구석에는 아리셀리스의 접근을 꺼리게 만드는 음침한 구석이 있었다. 라토가 문을 활짝 열고 들어오라고 해도 발을 들이밀고 싶지 않은 공간이었다.

알툰세와 대장장이 왕에 얽힌 비밀 중 일부는 그 깊숙한 공간에 숨어 있었다. 왜 아니겠는가. 라토는 이 일에 자신의 외모와 젊음과 권력과 목숨을 바쳤다. 당연히 가장 안전한 곳에 두어야 했다.

아리셀리스는 그 지식에 닿는 것을 두려워했다. 앎을 겁내는 것이야말로 아리셀리스의 성숙함을 드러내는 징표이기도 했다. 그는 일단 그 주위를 돌면서 다른 기억에 녹아 나온 사소한 조각들로 갈증을 채웠다. 그것만으로 해결되지 않는 의문은 애써 사소하다고 여기며 무시하려고 들었다.

라토는 아리셀리스에게 강요하지 않았다. 그는 언젠가 진정한 통합이 일어날 것을 믿었다. 동생의 몸에 언제까지나 깃들어 신세를 질 수는 없는 일이었다. 끝은 예정되어 있었고 지금의 답답함은 그때 가서 모두 해결될 것이다.

라토와 아리셀리스는 일치와 분열을 동시에 경험했지만, 몸에 흐르는 마법의 힘을 조정해서 땅을 박차고 하늘을 날았다가 다시 착지하는 일에 대해서는 한 사람과 같았다. 그들은 힘차게 날아오르고 또 날아올랐다. 모르는 사람이 보기에는 하늘을 향해 솟아올랐다가 땅으로 고꾸라지는 듯하지만 나아가야 할 방향으로 철저하게 움직이고 있었다.

─아직 폭발은 일어나지 않았어.

─그런 일은 없을 거야. 대장장이 왕은 자기가 해야 할 일을 알아.

─그러나 그 루 도인 한 명을 살리는 게 의미가 있을까?

─의미가 있어. 왜냐하면.

─대장장이 왕이 가장 먼저 만든 물건을 사용할 기회니까?

─첫 물건에는 항상 의미가 있어. 그가 대장장이 왕이 되었을 때부터 저 루 도인을 구하는 게 중요한 일이었던 거야.

─그것이 궁극적으로 우리에게도 이익이 될까?

─몰라. 일단 대장장이 왕을 살려야 해. 그가 아직 죽어서는 안 돼.

마치 한 사람이 혼자 묻고 대답하는 것 같았다. 라토도 아리셀리스도 누가 묻고 답하는 건지 구분 지을 수 없었다. 그러나 둘의 정신이 다시 일치에 가깝게 돌아온 것만으로도 라토가 미소 짓게 만들기에는 충분했다.

가엾은 대장장이 왕은 거의 탈진하기 직전이었다. 그가 정신을 잃으면 가르젠과 데스커드가 옆에서 번갈아 깨웠다. 이것 말고는 더 해 줄 수 있는 일이 없었다.

그러다가 멀리서 익숙한 진동이 울렸다. 라토와 아리셀리스가 힘껏 뛰어올랐다가 바닥에 착지할 때 나는 소리였다.

데스커드가 호들갑스럽게 에이어리의 어깨를 흔들었다.

-마법사들이 돌아와요.

-그래.

-여기서 돌아가시면 가장 멍청하게 죽은 대장장이 왕이 되실 거예요.

-놋 왕에게 독살당했던 분보다 더?

-그분은 깔끔하게 일찍 죽었으니까요. 이렇게 질질 끌며 고생하다 죽으면 헛된 죽음이에요.

-데스커드는 헛소리를 잘하지만 이번에는 이 아이의 말이 옳습니다, 대장장이 왕이시여.

-가르젠.

에이어리는 가르젠을 처음 만나던 순간을 떠올렸다. 사실 너무 어린 시절이라 잘 기억이 나지는 않았다. 불 옆에 있어도 추위에 벌벌 떨어야 했을 때 가르젠은 보는 것만으로도 위로와 온기를 주었다는 느낌만 남아 있었다.

-여기서 죽으시면 안 됩니다.

가르젠의 말은 명령처럼 들렸다. 에이어리는 순간적으로 그가 자신의 진짜 할아버지인 것처럼 친숙하게 느껴졌다.

-내가 죽는 게 전부가 아니에요. 이 친구가 폭발하면 여러분도 모두 같이 죽겠죠. 내 옆을 지키다가 죽는 것이야말로 헛

된 죽음이에요.

　- 왕의 경호원에게는 합당한 방식의 죽음입니다.

데스커드가 대답했다.

　- 스타인 땅에서 대장장이 왕을 모시고 온 사람에게도 부족함 없는 죽음입니다.

가르젠이 대답했다.

둘이 그렇게 나오자 대장장이 왕은 포기하고 싶어도 포기할 수 없는 상황이 되었다. 혼자서 죽는 것은 몰라도 두 사람을 폭발에 휘말리게 할 수는 없었다. 다행히 마법사 형제의 이동 속도가 평소보다 빨라서 에이어리조차 아직 정체를 알 수 없는 물건이 금방 손에 들어왔다.

　- 여기 있습니다, 대장장이 왕. 사용하십시오.

라토와 아리셀리스는 숨 돌릴 틈도 없이, 인사도 나누지 않고 물건을 전했다. 한쪽 무릎을 꿇고 두 손을 공손하게 모은 모양이 신하가 왕을 대하는 것과 다를 바 없었다.

　- 아, 그래야지요.

그러나 에이어리는 대답과 반대로 사람의 몸에 들어 있는 장기 하나를 본뜬 것 같기도 한 쇳덩어리를 가만히 보기만 했다. 마음이 급해진 것은 라토와 아리셀리스 쪽이었다.

　- 어서 받으십시오.

― 알겠습니다.

에이어리가 무의 몸 위에 얹어 둔 오른손을 들어 그 물건을 억지로 받았다. 내가 이것을 만들었던 말인가. 오랜만에 보아도 도무지 익숙한 느낌이 들지 않았다. 무거워서 두고 다닌다는 것은 핑계였고 사실은 지니고 있는 것이 꺼림칙해서 그동안 두고 다녔다.

에이어리가 만든 물건은 사람의 심장이나 간이나 신장처럼 보이기도 했지만 땅바닥에 두고 가만히 보면 커다란 바다 벌레 같기도 했고 징그러운 괴물의 형상과도 닮아 있었다. 매끈한 표면과 그 안의 복잡한 구조를 보면 혼자 움직일 수 있을 것 같아도 여태까지 그런 적은 없었다.

― 어서 사용하세요, 왕이시여.

데스커드가 재촉했다.

― 나도 그러고 싶어, 데스커드. 그런데 이걸 도대체 어떻게 쓰는 거지?

그 말에 모두 충격을 받았다. 폭발이 닿지 않을 것 같은 먼 거리에서 라토와 아리셀리스를 기다리던 아베로에스와 루비카르멘조차 에이어리의 말을 얼핏 들을 수 있었다. 두 사람은 얼굴을 마주 보고 말하는 법을 잊은 사람처럼 서글프게 웃었다. 평소에는 예의에서 비롯된 거리감을 느꼈으나 이 순간에는 친구처럼 가까운 사이가 되었다.

　-뭐라고요?

데스커드는 따진다기보다 겁을 먹고 있었다.

　-난 이걸 쓰는 방법을 몰라. 이건 나에게도 완전히 미지의 물건이야.

　-그러면 왜 이걸 가져오라고 하셨어요?

　-그런 느낌이 왔어. 이 물건이 필요하다는 느낌. 아주 강렬한 확신이었어. 당시에는.

　-지금은요?

　-확신이란 시간이 지나면 옅어지는 법이지. 사실 아리셀리스 님이 오실 때까지 그 사용 방법을 생각해 두려고 했는데 아무 생각도 떠오르지 않더라고.

　-그럼 느낌만으로 마법사 왕과 동생에게 그 고생을 시키신 거예요?

라토와 아리셀리스는 다른 사람들보다 침착했다.

　-우리는 괜찮습니다, 대장장이 왕. 분명히 방법을 생각해 내실 겁니다.

　-그럴 수도 있겠죠. 하지만 아닐 수도 있으니 모두 물러나 주십시오.

에이어리가 정중하게 요청해도 발을 떼는 사람이 없었다.

가르젠은 자기가 나서야 할 때임을 느꼈다. 젊은이들이 심정적으로 그에게 기대는 것을 계속 모른 척 무시할 수도 없었다. 그는 참된 신하다운 조언을 건넸다.

 대장장이 왕에게 때때로 찾아오는 확신은 보통 사람의 직감과는 다릅니다. 왕께서는 순간 의심하시거나 공상하신 것이 아니라 실제 존재하는 것을 아셨습니다. 다만 그 정교한 지식은 오래 붙들고 있을 수 없는 성질의 것이라 금방 조각으로 흩어져 지금 와서는 그 형상을 상상만 할 수 있게 되었을 뿐입니다. 그렇다고 그것이 애초부터 존재하지 않았다고 말할 수는 없습니다.

 가르젠, 나는 그대가 헛소리하는 사람이 아니라고 생각해요.

 그렇다면 제가 드린 말씀을 믿으십시오.

 알겠어요. 할 수 있는 것을 해 보죠. 그런데 여러분 중 누구도 끝까지 물러날 생각이 없는 건가요?

가르젠과 데스커드뿐 아니라 마법사 형제도 단단하게 발을 붙이고 조금도 움직이지 않았다. 라토는 에이어리의 걱정을 눈치채고 먼저 웃음을 터뜨렸다.

 우리 중 절반은 이미 한번 죽은 몸이라 다시 죽을 것도 없습니다.

―나머지 절반은요?

―그는 자신의 의지로 남았습니다.

아리셀리스는 고개를 끄덕였다. 그 순간 형의 생각이 마치 그가 직접 떠올린 것처럼 전해졌다.

이 거대한 폭발, 그 속에 휘말려 드는 알툰세. 어쩌면 이 폭발이 마법사들의 오랜 염원을 이뤄지게 할지도 모른다. 결국에는 강한 폭발로 알과 툰과 세의 입자가 세상에 퍼지게 되고 스러져 가는 마법의 바람을 다시 일으킬 것이다. 그렇다면 조상들로부터 라토까지 이어진 의지는 마침내 합당한 결실을 맺을 수 있다. 어차피 강력한 힘이 아니면 알툰세의 기운을 세상 전체에 퍼뜨릴 방법이 없지 않은가.

아리셀리스는 형의 의지를 존중하고 따랐다. 잠깐 루비가 머릿속에 떠올랐는데 형에게 들킬까 봐 얼른 지웠다. 카르멘은 비교적 안전한 곳에 있었다. 아마도 그녀는 형제가 사라진 마법사 왕국에서 새 왕이 될 것이고 그녀보다 더 왕에 적합한 사람은 없었다.

에이어리는 아리셀리스의 상념이 끝나기를 기다려 주지 않고 오른손에 든 물건에 신의 힘을 불어넣었다. 금속은 힘을 흡수하며 진동했다. 점점 뜨거워지는 기운이 손바닥으로 전해졌다.

어째서 지금까지 이 물건에 신의 힘을 전달할 생각을 하지 않았을까? 에이어리는 그렇게 자책했지만 과거의 에이어리에게는 억울한 지적이었다. 어떤 대장장이 왕도 자기가 최초로 만든 물건에 그런 일을 해 보지 않았고 그런 실험을 해야 할 이유도 없었다.

에이어리의 손바닥은 점점 더 뜨거워졌다. 불에 달군 돌을 손에 들고 있는 것처럼 견디기 어려워졌다. 피부에 화상을 입을까 겁이 난 에이어리가 얼른 손바닥을 살폈으나 감각과 다르게 겉으로 나타나는 변화는 없었다.

열기는 점점 확장되어 이제는 손목과 팔꿈치의 절반 정도를 용암에 담근 듯했다. 뜨거운 기운이 혈관을 타고 올라가 뇌까지 전해지는 느낌이었지만 처음처럼 고통스럽지는 않았다.

그리고 드디어 변화가 일어났다. 금속 덩어리는 계속되는 열기와 진동을 견디다 못해 몸을 뒤집었다. 매끈한 등을 에이어리의 손바닥에 대고 복잡한 부품들이 빽빽하게 찬 배 부분을 하늘을 향해 내밀었다.

에이어리는 순간적으로 자기 손에 든 물건을 금속으로 만든 벌레로 여겼다. 옆에서 구경하는 사람들 역시 마찬가지였다. 그들은 이 황홀하고 신비한 광경 앞에서 감히 눈을 깜박이지도 못했다. 멀찍이서 지켜보던 사람들도 갑작스러운 빛과 열기가 뿜어져 나오는 것을 보고 폭발에 휘말릴 위험이 있는 거리까지 접근해 왔다.

벌레는 사람의 관심을 받는 일이 부담스러운지 발을 버둥거렸다. 실제로는 복잡하게 얽힌 부품이 움직이기 시작한 것이지만 모두의 눈에는 여전히 생명체처럼 보였다. 뒤집혀 있는 매끄러운 부분은 알고 보니 날개였다. 날개를 활짝 펼치니 폭이 세 배는 넓은 형태가 되었다.

―아.

사람의 입은 평소에 지나치게 많이 움직이다가 극적인 순간에는 오히려 활약할 기회를 얻지 못했으니 고작 나온 소리가 이것이었다.

에이어리는 입을 꽉 다물고 양손을 모아 벌레에 신의 힘을 전달했다. 벌레는 날개를 파닥거리기 시작했다. 그 진동이 마치 벌레의 울음소리처럼 들렸다.

벌레의 몸이 다시 달아오르기 시작했다. 그러면서 열과 빛을 동시에 내뿜는데 사람이 감히 똑바로 보지 못할 지경이었다. 에이어리는 눈을 돌리다가 누워 있는 무의 가슴에서도 비슷하지만 희미한 빛이 나오는 것을 알았다.

―네 자리로 가라.

에이어리의 명령은 무의식적으로 나온 것이었다. 그러나

자기가 꼭 해야 할 말인 것을 알았다. 마치 미리 적어 둔 책의 내용처럼 확실하게 새겨진 것이었다.

에이어리는 벌레를 무의 가슴에 올려놓았다. 이제는 힘을 더 전달할 필요가 없었다. 벌레는 스스로 몸을 뒤집었다. 복잡한 부품은 무의 가슴으로 향했고 매끄러운 날개는 겉으로 드러났다.

- 악.

오랜 시간 정신을 잃었던 무는 차가운 금속이 가슴 속에 박히자 고통 섞인 신음을 냈다. 에이어리는 미간을 찌푸렸다. 가까이서 보기에도 벌레가 무의 가슴을 파고들어 살을 뜯어 먹으려는 것 같았다.

- 왕이시여.

에이어리가 손을 들어 데스커드를 만류했다. 데스커드는 미련을 버리지 못하면서도 뒤로 물러났다. 그런 데스커드의 마른 어깨에 가르젠이 손을 얹었다. 두툼한 손을 느끼며 데스커드는 머리카락이 흔들릴 정도로 큰 한숨을 내쉬었다.

벌레는 여전히 무의 가슴을 헤집는 일을 멈추지 않았다. 꾸물거리는 듯하지만 정해진 순서대로 착착 결합하고 있었다.

그 과정이 끝나자 날개 부분을 제외한 벌레의 나머지 부분은 모두 무의 몸에 박힌 형태가 되었다. 마치 갑옷의 가슴받이를 잘라 몸에 붙여 놓은 듯했다.

에이어리가 안심하는 순간 격렬한 돌풍이 일어나 그를 뒤로 구르게 했다. 이어서 무의 몸 전체가 아까 벌레가 날개를 파닥일 때처럼 진동했다.

-악.

비명은 처음보다 더 길었으나 무의 가슴에서 나오는 커다란 빛의 기둥이 내는 묵직한 소리가 그마저 삼켜 버렸다. 사람들의 귀는 바위가 들어찬 것처럼 먹먹해졌다.

빛으로 이루어진 기둥은 땅과 수직을 이루며 하늘로 솟아올랐다. 바닥에 쓰러진 에이어리는 기둥이 구름을 뚫고 먼 하늘로 끝없이 날아가는 모습을 볼 수 있었다. 아마 제국 전역에서 이 현상을 볼 수 있을 것이다. 어째서인지 에이어리의 머리에 가장 먼저 떠오른 생각이었다.

기둥은 한동안 지속되었다. 그러다가 나타난 순간처럼 예고 없이 사라졌다. 하늘 위 뻥 뚫린 구름만이 기둥이 존재했다는 증거로 남았다.

소동이 끝나자마자 몸을 일으킬 수 있었던 사람은 가르젠뿐이었다. 그는 엉거주춤 달려가서 에이어리를 부축했다.

-왕이시여.

-가르젠, 저 사람부터 살펴보세요.

에이어리는 그 와중에도 무를 보고 있었다. 다가가서 무의 상태를 확인한 가르젠은 작은 신음을 내뱉었다.

- 살았죠?

- 살아 있습니다.

쓰러졌던 사람들이 속속 몸을 일으켰다. 그들은 모두 무를 보고 놀람을 감추지 못했다. 금속 벌레는 무의 몸에 완전히 달라붙어 그의 가슴과 하나가 되었다. 그러나 그보다 더 사람들을 놀라게 하는 것이 있었다.

루 도인 무의 붉고 투명한 피부가 사라져 그는 보통 사람 중 하나와 같은 용모가 되었다.

루 도인이 단음절로 이름을 짓는 풍습은

알로말이라는 이름이 균열을 내기 시작해

이후로는 거의 사라지게 된다.

알로말의 태어날 적 이름은 무였다.

알로말을 번역하자면 쇠로 만든 가슴이라는 뜻이다.

그는 잘 때도 매끄러운 재질의 금속 갑옷을

절대로 벗지 않았다고 전해지는데

후세 사람들은 그 이야기 속에 감춰진 진실을

끝내 알 수 없었다.

III

**제국군과 반란군이 마지막으로 격돌한 끝에
전쟁터에 선 사람들의 행보가 정해진다**

북쪽에서 일어난 전쟁 소식이 남쪽에 전해진 것은 겨우 이틀이 지난 뒤였다. 까마귀들은 본디 시체를 좋아해서 전쟁터에 몰려드는 것으로 알려져 있다. 그 명성은 작이 이끄는 황제의 까마귀들에게도 고스란히 전해졌다. 그들은 전쟁을 관찰하고 같은 보고서를 세 장 작성한 다음 한 부는 지역 책임자에게, 한 부는 작에게, 다른 한 부는 바실 장군에게 보냈다.

 바실 장군은 본래 까마귀들의 보고를 받을 자격이 없었으나 이번에는 예외가 되었다. 작은 바실이 정보전에서 패해 수세에 몰리기를 원하지 않았다.

 보고서의 내용은 대장장이 왕이 전쟁터에 나타나는 장면에서 끝나 있었다. 이후로는 전쟁이 진행되지 않고 흐지부지 멈췄으니 당연한 일이었다. 보고서를 읽은 사람은 하나같이 그다음 이어진 일을 궁금해했다.

 ─아무튼 북쪽에서 적의 원군을 맞이하는 일은 없겠구나.

가장 두려워하던 놋의 전차병들이 물러갔어.

─그렇다면 이제 팽팽하게 싸울 수 있겠군요?

부하 중 하나가 희망 섞인 발언을 했다. 그의 말은 진심이라기보다 어디까지나 사기를 진작하려는 애처로운 시도에서 나온 것이었다.

─그게 무슨 말인가? 나는 저 그라스 시비스에게 미치지 못하고 애석하지만 우리 군세도 그만 못하네. 승산을 논하자면 저쪽이 7이고 우리가 3이네. 놋이 합류했더라면 9대 1이 될 뻔했지만 다행히 저쪽에서 잘 막아 주었어.

─병사들이 장군의 말을 들으면 사기가 꺾일 겁니다.

─알고 있어. 그러나 허장성세로 대등한 척해도 마음이 떨릴 뿐 진짜 실력은 아니야. 내가 약하다는 것을 알고 약한 자의 싸움을 펼치겠다고 마음을 다지는 편이 낫지. 그라스 시비스가 땅이 말라도 선뜻 싸움을 걸지 못하는 이유가 거기에 있네.

바실은 장교가 되기 위해 훈련을 받던 시절 우등생인 그라스 시비스보다 성적이 좋았던 적이 한 번도 없었다. 시비스는 유약해 보이고 과도하게 신경질적이라 군인이 적성에 맞지 않아 보였다. 그러나 군대를 움직이는 일과 전술을 적용하는 일에 있어서는 따를 자가 없었다.

그라스 시비스는 바실을 동기 가운데 가장 까다로운 상대로 여겼다. 남들에게 밝히지는 않았지만 언제나 그가 껄끄러웠다. 이 중요한 전투에서 바실을 이길 자신은 있었다. 그러나 상처 없이 이길 수는 없었다.

그것이 바실의 무서운 점이었다. 바실은 몸을 납작 엎드리고 사자와 싸우려고 드는 늑대와 같았다. 겉보기에는 얌전히 항복하는 것처럼 보이기도 하지만 막상 제압하려면 이쪽도 사력을 다해야 하는 상대였다. 자칫하면 팔 하나 정도는 내어주어야 했다.

그라스 시비스는 제국의 뒤에 아직 버티는 세력이 있는 것을 알았다. 일단 까마귀들의 수장 작이 있었고 황제가 아끼는 아크마트 대공이 있었다. 그러니까 여기서 상처뿐인 승리를 거둔다면 전투에서 이기고 전쟁에서 지는 결과가 나오게 되어 있었다. 그 모든 책임이 그에게 지워져 있었다.

그라스 시비스는 여전히 테리아의 집에 머물고 있었다. 테리아가 이제는 수양딸처럼 여겨졌다. 부하들이 그녀를 대하는 태도도 크게 다르지 않았다. 아무도 테리아를 포로나 하녀처럼 대우하지 않고 깍듯하게 굴었다.

펠리스의 영광이라는 거창한 이름을 짊어지고 태어난 황태자는 주위를 기웃거리다가 테리아에게 구애하면서 시간을 때웠다. 그라스 시비스로서는 여전히 못마땅한 일이었으나 달리 보낼 곳도 방법도 없었다. 디노펠리스도 둔한 사람은 아니었기에 자기를 향한 눈총을 알고도 모른 척 무시했다.

디노펠리스는 가끔 테리아의 집을 나가서 동네를 한 바퀴 돌다가 마을의 상징 같은 거대한 나무 주변을 서성였다. 그곳에는 나무 한 그루 말고 다른 것은 전혀 없었기에 사람들의 의심을 사지는 않았다. 가끔 병사들이 농담 삼아 이렇게 말하기는 했다.

- 황태자가 거기 가는 건 아래로 뛰어내리고 싶어서가 아닐까? 자기도 어찌할 바를 모르겠다는 거지.

- 그럴 게 뭐가 있어? 고귀한 신분에 걸맞은 인생이 보장되어 있는데.

- 모르는 소리 마. 황태자는 지금 인생을 걸고 도박하는 중이란 말이야. 일단 유리한 쪽으로 와서 붙기는 했지만.

- 했지만?

- 만약 우리가 지기라도 하는 날에는 반란의 두목이 되어 목이 뎅겅 잘릴 거야. 황제의 조카고 뭐고 하는 건 다 쓸모가 없어. 높은 사람들은 자기 부인이나 자식도 버릴 때가 되었다 싶으면 냉정하게 버린단 말이야.

- 우리도 지면 곤란한 건 마찬가지잖아?

― 그래도 우리는 포로가 되어 좀 고생한 다음 결국 풀려나겠지. 황태자라고 고귀하게 굴며 죽을 바에는 일개 병사로 길게 사는 게 나은 법이지.

― 하지만 우리가 이기면 저분이 결국 황제가 되는 거야.

황태자가 사형당하는 모습을 상상하며 신나게 떠들던 병사는 그 말을 듣고 기분을 잡쳤는지 입을 꾹 다물어 버렸다.

황태자는 병사들이 자기의 생명을 걸고 이야기하는 줄 모르고 있었다. 만약 알았다면 참지 못하고 항변했을 것이다.

나는 너희들보다 고귀하고 지혜로운 사람이다. 나에게는 모든 결과를 대비한 계획이 세워져 있다. 만약 아버지가 이기면 좋고 그렇지 않다고 해도 까마귀들의 수장과 맺은 밀약이 있단 말이다. 어떤 결과도 나를 파멸시킬 수는 없다.

그러나 한 가지 걱정되는 점은 위대한 예언자 아녜시가 그에게 전했던 한마디 말이었다.

― 가만히 계십시오.

그 말이 구체적으로 무엇을 뜻하는지 모호한 구석이 있었으나 지금 디노펠리스가 하는 일은 어쨌든 그와는 전적으로 반대되는 것이었다. 그는 자신과 크리스틴 피장의 생명을 구하기 위해 적극적으로 나섰다. 신분이 낮은 자들이나 할 법한 밀정 역할도 기꺼이 감당하는 중이었다. 일부러 테리아에게

집적거리고 비웃음당하며 그들을 방심하게 했다.

- 당신도 신의 뜻을 다 알 수는 없어.

지금 어디에 있는지, 살았는지 죽었는지도 모르는 아녜시에게 차가운 말을 내뱉으며 황태자는 나무옹이 아래에 난 구멍에 쪽지를 던져 넣었다. 거기에는 그라스 시비스가 마침내 작전을 확정하고 출진해 제국군을 치는 시기가 적혀 있었다. 그 정확한 전법에 대해서는 디노펠리스도 엿들을 수 없었지만 시기를 안 것만 해도 큰 수확이었다. 밤이 되면 제국의 까마귀가 날아들어 그 쪽지를 바실 장군에게 전달할 것이고 그러면 바실 장군은 충분히 대비해서 공세를 막아 낼 수 있을 것이다.

- 당신도 제대로 알지 못해.

아녜시는 먼 곳에 있어 그 말을 듣지 못한 탓에 반박하지도 않았다. 디노펠리스는 논쟁에서 이긴 사람처럼 기분이 좋아졌다. 그러나 사실 그는 아녜시보다도 제대로 아는 것이 없었다. 아녜시의 조언, 혹은 예언을 무시하고 행동하는 것은 확신이 아니라 발버둥에 가까웠기 때문에 그의 미래에 낀 암울한 기운은 아직도 그 자리에 그대로 남아 있었다.

그라스 시비스의 반란군은 샛별이 사라지기도 전에 일어나 아침을 먹고 진군을 준비했다. 본래대로라면 그 부산스러움이 제국군 진영까지 전해지는 데 상당한 시간이 걸렸을 테고 그것만으로도 이미 우세를 점했다고 말할 수 있었다. 그러나 디노펠리스가 나무 속에 던져 놓은 쪽지를 물어다 준 까마귀의 활약 덕분에 바실 장군도 단단히 대비하고 있었다.

―마치 알고 있었던 것처럼 나오는군. 혹시 우리 중에 정보를 누설하는 자가 있나?

그라스 시비스의 곁에서 출진하던 황태자는 가슴이 뜨끔했으나 내색하지 않았다. 지혜로운 선택이었다. 디노펠리스를 싫어하는 그라스 시비스조차 설마 황태자가 그런 일까지 벌이리라고는 상상하지 못했다.

양군의 편제는 거의 비슷했다. 둘 다 제국군을 기초로 삼고 있으니 새삼스러운 일은 아니었다. 지금이야 반란군이 색깔을 바꾸었다지만 몇 달 전까지만 해도 같은 갑옷을 입고 훈련을 받던 처지였다.

그라스 시비스는 전술의 천재라는 명성답게 겉보기에도 복잡한 진형으로 전진했다. 하늘에서 내려다보는 것이 아니고서야 그 위치와 역할을 일일이 구별하기 어려웠다. 반면 바실 장군의 진형은 방어를 위해 잔뜩 웅크린 형태로 구성되어 있었다. 겉보기에는 포위를 자처하는 것처럼 보였지만 실제로는 만만치 않은 응집력을 품고 있었다.

―그냥 지지는 않겠다는 말이지.

그라스 시비스가 중얼거리는 것이 디노펠리스의 귀에도 들어왔다.

―가진 재주를 모두 동원해서 오늘 기어이 결판을 내겠다는 뜻이군.

그라스 시비스의 진형을 보고 바실 장군도 혼자 중얼거렸다. 어쩌면 이것이 두 장군의 유일한 공통점이라고 말할 수 있었다. 둘은 서로 멀리 떨어져 있었으나 대화를 나누는 것처럼 상대의 생각과 중얼거림을 알아들었다.

이왕 적을 만나서 싸워야 한다면 이런 적을 만나는 것이 축복이라고 생각하는 사람도 있었다. 둘은 그런 낭만적인 감정을 사치라고 생각했다. 이왕 적을 만나야 한다면 피해 없이 제압할 수 있는 허약한 적을 만나는 것이 최선이었다. 호적수를 만나 패배를 각오하고 싸우는 것이 개인의 낭만일지는 몰라도 많은 사람의 목숨을 끌어안은 장군이 좋다고 떠들 일은 아니었다.

디노펠리스가 그라스 시비스의 곁에 있는 것은 장군을 호위하는 병사들에게 함께 호위받기 위함이었다. 에젠 황제는 전쟁터에서 아들이 죽었다는 보고를 듣고 싶지 않을 것이다. 그래서 아예 전쟁터에 나서지 말라는 부탁을 받았으나 황태자는 단호하게 거절했다.

―종군한 이상 군대와 함께 가겠습니다. 살면서 전쟁터를 한번 경험해 봐야 하지 않겠습니까?

그렇게까지 나오는 데야 말릴 수단이 없었다. 그라스 시비스는 그래도 황태자를 조금은 다시 보게 되었다.

그러나 막상 진군하는 군대 속의 디노펠리스는 주변의 공기가 갑자기 단단히 뭉친 것처럼 숨도 쉬기 어려운 압력에 시달렸다. 심장이 개구리처럼 팔딱대는 바람에 아랫눈시울에 눈물이 고인 것은 아무에게도 들키고 싶지 않았다. 아직 양 군대가 본격적으로 부딪치기 전인데 배가 살살 아프고 소변이 마려웠다.

디노펠리스는 자기가 전쟁 체질이 아니라는 것을 이렇게 알 수 있었다. 그러나 흐르는 시냇물에 아이들이 장난으로 던진 나뭇잎이 그러하듯이 물살을 따라 흐르기만 할 뿐 벗어날 길이 없었다.

그라스 시비스의 군대는 한번 크게 용틀임하더니 분주하게 사방으로 흩어졌다. 기마병들은 전쟁터와 상관없이 앞으로 달리고 창병과 검병 부대가 포위망을 형성하며 바실 장군의 제국군 진영으로 파고들었다. 궁병 부대는 아군이 적과 격돌하기 전에 화살을 뿌려 두는 역할을 충실히 감당했다.

―아뿔싸. 저 속셈을 이제야 알겠구나.

 적의 기마병들이 제국 땅을 향해 먼지를 뿌리며 달려들어가는 것을 보고 바실 장군이 탄식했다. 그라스 시비스는 상대가 어떻게 나올지를 미리 알고 있었다. 그는 바실의 기마병들을 진영 안에 가두어 놓고 자기의 기마병들을 제국 수도로 달리게 할 참이었다.

―지금이라도 늦지 않았으니 우리도 기마병들을 출진시키는 것이 어떻겠습니까?

 부하의 제안에 바실 장군은 탄식하며 고개를 저었다.

―이미 늦었다. 그렇게 유도하는 것이 저 그라스 시비스의 유명한 전략이다. 저쪽에서는 이미 긴 창을 든 자들과 궁병들이 우리의 기병들을 도륙하려고 대기하고 있을 것이다.

 바실 장군에게는 시야가 뻥 뚫려 있어 말을 달리면 금방이라도 통과할 수 있을 것 같은 착각이 드는 전방이 마치 괴물의 아가리처럼 느껴졌다. 눈에 보이는 것이 없었지만 소름이 돋았다.

―저들은 이대로 수도까지 달릴 것입니다.

―그렇다.

―우리가 막아야 하지 않습니까?

―우리 역할은 그런 것이 아니다. 적의 주력에게 패하지 않

고 버티는 것이다. 나머지는 황제와 다른 장군들에게 맡기자.

굳이 언급하지 않았지만 까마귀들의 수장 작의 얼굴도 떠올랐다. 그가 황제와 수도를 지키기 위해 충성스럽게 싸울 것인지에 대한 확신은 없었다.

- 속지 않는군요.

- 그랬다면 좋았겠지만 바실은 그렇게 나약한 사람이 아니야. 남이 이끄는 대로는 가지 않고 자기의 길을 고수하지.

그라스 시비스가 그처럼 동료 장군을 인정한 것은 처음이라 부하들이 모두 놀라움을 감추지 못했다. 조금 떨어져 있는 황태자는 여전히 아랫배와 방광의 불쾌함을 떨치느라 바빠서 반응이 없었다.

그라스 시비스의 부대는 살을 파고드는 회충처럼 제국군의 진영을 사방에서 침략해 들어왔다. 제국군도 미리 대비하고 있던 일이라 거세게 방어했다. 기마병들이 함께 있었다면 몰라도 그들을 떠나보낸 이상 반란군의 군세도 약해져 있었다.

그래도 그라스 시비스가 계속 진격하기를 명령한 것은 이번 전투에서 적에게 타격을 입히지 못하면 다음부터는 부대 구성의 불리함이 두드러지게 되는 탓이었다. 그의 기마병들은 대치하는 상황을 뚫고 피해 없이 수도로 향할 수 있었으나 다음부터는 보병과 궁병만으로 바실의 기마병이 전장을 휘젓는 것을 버텨야 하는 상황이었다.

양측에서 사상자가 많이 나왔으나 누구도 물러서지 않았다. 한쪽은 물러설 마음의 여유가 없었고 다른 쪽은 실제로 물러설 공간 없이 포위되어 있었다.

여러 갈래로 나뉜 공격에 일사불란하게 대응했지만 제국군의 전력에는 처음부터 한계가 있었다. 애초에 제1군보다 두 배는 강하다는 제2군이 지금 상대하는 반란군이었다.

그라스 시비스의 부대 중 한둘이 집요하게 방어망을 파고 들어 균열을 내고 있었다. 한 곳이라면 추가 병력을 보내 막겠지만 여러 곳에 구멍이 뚫린 제방은 버리고 도망가는 것이 오히려 상책이었다. 그러나 제국군은 갈 곳이 없었다.

후퇴할 곳이 없어도 가만히 죽을 수는 없다는 각오가 제국군의 저항을 강하게 했지만 버틸 수 있는 시간은 길지 않았다. 바실 장군은 포로가 될 바에는 죽겠다는 생각으로 몸소 칼을 뽑아 들었다.

구원이 닿지 않을 절망적인 상황에서 반란군이 갑자기 공세를 늦추더니 조용히 물러가기 시작했다. 방어하는 쪽에서는 영문을 알 수 없는 일이었으나 일부러 추격하지 않고 내버려 두었다. 전력이 부족해서 후퇴하는 것이 아니라고 증명이라도 하듯 그라스 시비스의 군대에는 절도가 남아 있었다. 조금 전의 맹렬한 공격이 불처럼 뜨거웠다면 후퇴는 겨울 파도처럼 냉정했다.

미리 후퇴하는 상황까지 예상했는지 사방으로 쪼개졌던 부대가 척척 물러서며 다시 하나의 덩어리를 이루었다. 바실 장군은 적에게 뭔가 문제가 생긴 것을 확신했고 추격하고 싶었다. 그러나 만신창이가 된 부대를 수습하지도 않고 전진시키는 것은 자살에 가까웠다. 특히 만반의 태세를 갖추고 후퇴하는 그라스 시비스를 상대로 그런 무모한 짓을 해서는 요행도 기대할 수 없었다.

적이 절반 정도 물러섰을 때가 되어서야 바실 장군은 그 원인을 찾을 수 있었다. 멀리서 지원군이 오고 있었다. 방향으로 짐작하건대 루 도인 전투에서 승리한 동맹이 분명했다.

그라스 시비스는 바실 장군의 부대가 끝까지 죽겠다는 각오로 버티는 중에 지원군이 배후로 달려드는 상황을 걱정했을 것이다. 그의 부대는 강했지만 에젠 황제가 동원할 수 있는 유일한 병력이었다. 그가 한 번이라도 패배를 경험하면 그대로 반란이 실패로 끝나게 되어 있었다.

―그대들이 오늘 제국을 구했습니다. 황제께서 잊지 않으실 겁니다.

말에서 내리던 플리니와 수무르와 마르쿠스는 뜻밖의 찬사를 듣고 어리둥절했지만 그래도 기분이 나쁘지 않았다. 바실 장군의 말에는 과장된 부분이 없었다. 다만 플리니가 너무 활약한 탓에 스타인 왕국과 제국 전체에 풍파가 일어날 예정이었다.

─ 그라스 시비스의 지나치게 신중한 태도와 결단력 부족은 그에게서 결정적인 승리를 앗아 갑니다. 그가 황제께 충성스러운 신하가 아니었다면 적과 내통하고 있다고 의심해도 충분할 것입니다. 자기가 계획한 대로 되지 않았다고 군대를 물리는 것이 아니라 끝까지 싸웠다면 지원군이 오기 전에 바실의 목을 베고 지원군마저 격파해서 이 전쟁을 끝냈을 것입니다.

에젠 황제 오셀롯은 본인의 성격답지 않게 긴 이야기를 끝까지 묵묵히 들은 다음 물었다.

─ 그대는 전쟁터에 나가 본 일이 있나? 소대 하나라도 지휘해 본 적이 있나? 그를 대신해 내 군대를 다스릴 생각이 있나?

─ 아닙니다.

─ 그렇다면 군대에 관한 일은 내 오랜 친구 시비스에게 맡겨 두세. 그가 이길 자신이 없어서 후퇴했다면 우리 중 누구도 그 선택에 반박할 능력이 없으니까.

IV

마법사들의 새 지도자 카분이
부족한 아들을 마음에 들어 하지 않는다

라토와 아리셀리스 형제가 도망치듯 떠난 후로 새 왕이 된 사람은 다이아몬드 가문의 카분이었다. 한때 루비 카분이었으나 다이아몬드 가문의 남자와 결혼하며 루비를 저버렸다. 사람들은 떠들었다.

─그는 다이아몬드 가문에서 고귀한 신분이지만 유약한 사람으로 유명하지. 남편을 마음대로 휘둘러 다이아몬드 가문의 권력을 차지할 생각인 거야.

누구도 루비 카분이 남편을 사랑해서 결혼했다고는 믿지 않았다. 그것이 가장 진실에 가까운 설명이었으나 사람은 자기의 배를 갈라도 진심을 보여 줄 수 없어서 서로 의심하는 존재였다. 오해를 푸는 일은 진작 그만두었다.

남편의 연약함이 결혼의 원인이기는 했다. 촉망받는 젊은 마법사 루비 카분은 다이아몬드 가문의 선이 가늘고 유약한 청년을 보고 스스로도 이해하기 어려운 매력을 느꼈다. 그녀와 정반대인 사람이라서 그런 감정을 느꼈을 것이다. 아무튼 그 감정은 루비 가문의 수장이 되겠다는 야망을 넘어서는 것이었다.

- 나와 결혼하면 당신은 아무 지위도 얻지 못할 겁니다. 다이아몬드는 우직하지만 외부인에게 폐쇄적인 사람들이니까요. 그 뛰어난 능력을 평생 발휘할 기회가 없어도 괜찮겠습니까? 평범한 사람이 되어도요?

남편은 결혼을 앞두고도 유약한 태도를 보이며 루비의 결심을 끝내 지지해 주지 않았다. 카분이 한번 정한 것을 그리 쉽게 바꾸지 않는 사람이었기에 망정이지 파혼의 사유로 삼아도 충분했다.

다이아몬드 카분은 아들 울릭을 낳고 그가 자라는 동안 조용히 생활했다. 사람들과 교류하면서도 권력을 향한 의지를 표현하지 않았다. 냉정해 보이지만 침착하고 따뜻한 구석이 있다는 호평이 잇따랐다.

- 결국은 보석이 사람을 정하는 것이 아닌가 싶소. 루비를 이름으로 달았을 때는 무슨 짓이라도 저지를 것 같았지만 다이아몬드가 된 다음에는 투명하고 정직한 존재가 되었으니 말이오.

어떤 멍청한 인간이 카분 앞에서 대놓고 그런 말을 지껄이기도 했다. 다이아몬드는 그렇게 자기 생각을 솔직히 드러내는 것을 결점이라고 생각하지 않았다. 카분은 그의 말에 거짓 미소로 화답했는데 이것은 다이아몬드의 태도가 아니었다. 카분은 본래 다이아몬드가 될 생각이 없었고 다이아몬드가 되기를 원해도 그럴 수 없었다.

그녀는 사람들의 우려와 다르게 남편과 평생 화목하게 지냈다. 사람들은 부쩍 자란 아들 울릭이 아버지와 다르게 건장한 것을 두고 새로운 소문을 만들었다. 그러나 근거가 없었기에 부당한 공격으로 취급되었다.

남편은 울릭이 열다섯이 되었을 무렵 세상을 떠났다. 몸이 허약하면 오래 산다더니 마법사들에게는 꼭 그런 것도 아닌 모양이었다. 그는 죽기 전에 사랑하는 아내의 귀에 대고 속삭였다.

- 나는 이제 당신을 누구보다 잘 알아. 이제 참지 말고 당신이 원하는 대로 해도 좋아. 내가 죽은 다음의 다이아몬드는 알 바가 아니니까. 당신이 전부 가지면 뭐 어때?

- 고마워요.

카분의 대답을 듣고 남편은 만족했다는 듯이 미소 지으며 눈을 감았다. 카분은 남편을 잃은 충격으로 1년 정도 세상을 떠돌다가 돌아왔다. 아들은 다른 나라 기준으로 곧 성인이 될 나이였기에 걱정하지 않았다. 물론 마법사들의 기준으로는 5년이나 더 필요했다.

제국에 가서 황제의 마법사 엘 벨리드를 다시 만난 것도 그 시기였다. 엘 벨리드는 카분이 아직 소녀였던 시절부터 그녀의 눈에 감돌던 야망이 여전한 것을 금방 알아차렸다. 다이아몬드의 바보들과는 달랐다.

- 너는 여전하구나.

- 무엇이요?

- 너도 알고 있지 않니?

엘 벨리드는 다이아몬드 카분에게 몇 가지 사악한 술법을 가르쳐 주었다. 마법사 왕국에서는 사라진 것이었으나 제국의 문헌에는 기록이 남아 있었다. 제국의 정보력이란 그만큼 무서웠다. 황제의 곁에 머물면서 퇴화한 마법사인 엘 벨리드로서는 실행할 수 없는 지식이었어도 카분에게는 아니었다.

카분은 우연히 다이아몬드 가문의 혼란기에 귀향했다. 사실대로 말하자면 시기를 노린 것이었다. 그녀는 먼저 다이아몬드의 수장이 되었다. 그리고 끊임없이 공작을 벌이며 권력 투쟁을 이어 간 끝에 왕을 몰아내는 반역에 성공했다.

공식적으로 마법사 왕 라토를 해친 사람은 그의 동생인 아리셀리스였다. 예언에도 잘 부합했다. 아리셀리스는 암살을 저지르고 발각당하자 숨겨진 연인이었던 루비 카르멘과 함께 반역자 무리를 데리고 도망쳤다. 에메랄드와 루비의 남은 자들은 모두 마법사의 지위를 잃었다.

 새 여왕 다이아몬드 카분의 곁을 오닉스 치안출과 오팔 타리크가 지켰다. 여왕은 그들을 믿지 않았다. 여전히 마법사 왕국의 군대를 아들인 울릭의 손에 둔 것도 만약의 사태를 대비해서였다.

 그러나 그 아이는 너무 제 아비를 닮았어. 몸은 제법 다부지지만 그 유약한 마음은 죽은 남편과 똑같아. 하나뿐인 자식이 그 모양이니 권력을 물려줄 사람이 없어. 차라리 루비 카르멘이 그 아이와 결혼했더라면 며느리를 후계자로 삼았을 텐데.

 그토록 원하던 왕좌에 앉아서도 부질없는 생각은 사라지지 않았다. 처음에 앉을 때는 짜릿해서 전신이 떨렸으나 점차 그 감각이 피부에 익숙해진 다음에는 감흥이 솟지 않았다.

 어머니가 왕이 되기 전보다 더 크게 미움받는 아들은 예언자들의 거주 구역에 가 있었다. 한때는 루비 가문의 수장 카르멘이 그들을 관리했으나 이제는 도망자 신세였다.

 예언자들의 지도자인 루크크가 그를 환영해 주었다.

 -고귀하신 분이 오셨군요.

 -고귀의 기준이 무엇인가?

─ 갑자기 기원학자라도 되셨습니까?

─ 예언자라면 특별한 생각이라도 있는지 궁금해서 말이야.

─ 고귀함을 어찌 말로 정의하겠습니까? 애초에 고귀함과 천함은 세상이 만들어졌을 때부터 분리되어 있었고 지각이 있는 존재라면 따로 애쓰지 않아도 둘을 자연스럽게 구분하는 법입니다.

─ 그럼 나는 세상이 만들어졌을 때부터 이미 고귀했다는 말인가?

─ 다이아몬드 카알과 카분의 자제로 태어나셨으니 고귀함이 그 육체에 깃드는 것도 당연하지 않겠습니까? 고귀함은 혈통을 매우 크게 따집니다.

─ 나에게 그 고귀함을 물려주신 분께서 보내셨네.

다이아몬드 울릭은 말장난에 지쳐서 갑자기 본론을 꺼냈다. 언제나 새 권력자에 충성하는 루크크는 그런 변덕에도 얼굴 한번 찌푸리지 않았다. 장차 왕이 될 사람이라면 마음이 급격하게 바뀌는 것도 마음의 결함이 아니라 고귀함의 징표로 여겨졌다. 남을 신경 쓰는 것은 예사 사람에게나 미덕으로 통했다.

─ 오, 새 왕을 위한 첫 예언이군요.

─ 그래.

─우리가 예언하는 모습을 보신 적이 있습니까?

─아니, 그건.

제국에서 온 위대한 예언자와의 대결에서 본 적이 있다고 말하려다가 그만두었다. 남의 약점을 찌르는 것은 어머니로부터 제대로 물려받지 못한 재능에 속했다. 실은 어머니와 닮은 구석이 별로 없었다.

─그렇습니다. 오랫동안 반역자가 이 역할을 맡았습니다. 우리가 제대로 대우받지 못한 것도 그 때문입니다.

반역자란 울릭이 호감을 품었던 카르멘을 일컫는 말이었다. 울릭은 반박하고 싶었으나 쓸데없는 논쟁으로 오전을 망치고 싶지 않았다. 게다가 루비 카르멘을 옹호하는 것은 공식적으로 위법에 속했다.

울릭은 어머니의 법을 어길 자신감이 없는 아들이었다. 그것이 어머니가 자신을 미워하는 이유라고 짐작할 만큼 영리하지도 않았다.

예언자들의 탑으로 이끌려 들어간 울릭은 그 안의 불빛이 희미한 탓에 구조를 파악하기까지 한참 시간이 걸렸다. 불빛을 좋아하는 마법사들은 조금이라도 어두운 구석이 있으면 인공조명을 주렁주렁 매달아 두는 탓에 어둠에 약했다. 정말로 빛을 좋아한다기보다는 조명을 설치할 기회가 생기면 그냥 넘어가지 못한다고 말해야 옳았다.

루크크가 울릭을 배려해 몇 군데에 불을 붙이게 했다. 연기와 그을음이 없는 마법사들의 깔끔한 빛이 아니라 원시적인 횃불이었다. 그 냄새가 울릭의 코에는 찌르듯 강하게 느껴져 정신이 번쩍 들었다.

– 우리의 예언은 이곳에서 이루어집니다. 장소가 중요합니다. 아무 곳에서나 지껄이는 것은 진정한 예언이 아닙니다. 지난번 제국에서 온 사기꾼에게 패한 것처럼 보였던 이유가 거기에 있습니다.

울릭은 겉보기에 평범한 건물 안이 자연적으로 형성된 듯한 종유굴로 채워진 것을 보고 어리둥절해졌다. 분명 마법의 도움을 받았을 것이다. 대단한 마법의 성과가 분명했다. 울릭은 그럴 수 있는 사람으로 가장 먼저 아리셀리스를 떠올렸으나 불쾌해서 얼른 지워 버렸다.

– 예언은 이처럼 세상을 떠도는 기운이 한 번 걸러진 다음 다시 모이는 곳에서만 이루어집니다. 왕 앞에 섰을 때는 그런 과정이 없었기에 우리 예언자들이 진실과 거짓된 소리를 제대로 구별하지 못했던 것입니다. 그러나 이곳에서는 아무런 방해 없이 그들이 진정한 속삭임을 들을 수 있습니다.

– 알겠네.

울릭은 변명을 듣고자 온 것이 아니었다. 루크크가 손짓하자 아래쪽 바위 세 개가 움직였다. 울릭은 헛, 하고 소리를 낸 다음 체면을 생각해서 얼른 침을 꿀꺽 삼켰다.

바위라고 생각한 건 웅크린 예언자들이 그림자 속에 숨은 탓에 생겨난 착각이었다. 그들이 가느다란 팔과 다리를 뻗으며 몸을 일으키자 비로소 정체를 알아볼 수 있었다.

온몸의 털을 깎고 기름을 칠한 젊은 남자 세 명이 춤을 추는 것처럼 몸을 비틀었다. 울릭에게는 뱀이 몸을 뒤트는 것처럼 보였는데 하필 그가 가장 싫어하는 생물이기도 했다. 밝은 대낮에 보는 것보다 칙칙한 불빛 속에서 어설프게 보는 것이 더 징그럽게 느껴졌다.

춤은 한동안 이어졌다. 그 기묘한 움직임은 바닷속 해초의 움직임 같기도 하고 겨울이 끝났을 때 솟아나는 땅의 뜨거운 기운 같기도 했다. 반복되는 형태가 없어 가만히 보고 있다가는 정신을 빼앗길 것 같았다.

―아.

세 예언자 중 하나가 마침내 신음을 토했다. 약 기운이 돌기 시작하는 모양이었다. 울릭이 대답을 기대하듯 고개를 앞으로 쑥 내밀자 그들은 다시 뜸을 들였다.

―여왕이 사는 동안 단 한 번의 침략.

- 망자가 올 겁니다.

- 그를 막을 수만 있다면 영원한 지배.

셋은 한마디씩 던지고 기운이 다한 듯 주저앉았다. 움직임을 멈춘 예언자들은 다시 바위처럼 변해서 땅의 일부분이 되어 있었다.

- 들으셨습니까?

- 그래.

울릭은 아껴 두었던 숨을 내쉬며 대답했다.

- 누가 쳐들어온다는 말이군.

- 여왕의 생명이 다하기까지 단 한 번이라고 했습니다.

루크크가 강조했다.

- 죽은 자라고 했지? 어떻게 죽은 자가 쳐들어올 수 있지?

- 그것을 제가 어찌 알 수 있겠습니까? 그러나 일어날 일은 일어나는 법이고 예언은 거짓을 말하지 않습니다. 예전 왕의 동생이 왕을 죽인 것을 보십시오. 오랜 세월 의심받았던 것이 때가 되자 진실이라고 드러나지 않았습니까?

울릭은 그날 있었던 일을 더 정확히 기억했다. 누가 진짜 왕을 죽였는지 알고 있었다. 그는 어머니가 자신을 유일한 목격자로 여기기 때문에 경계하는 것이 아닌가 잠시 생각했다. 왕을 죽였다는 사실이 드러나면 누구라도 사형을 면하지 못할 것이다.

―우리 예언자들은 오랜 기간 루비의 지배하에 고난을 겪어 왔습니다. 이제 여왕께 간구해 우리 처지를 되돌릴 기회를 만들어 주십시오.

―알겠네.

울릭의 약속은 공허한 것이었다. 그는 남을 신경 쓸 처지가 아니라 자기를 위해 간구해야 했다.

보고를 들은 어머니는 한쪽 눈을 잠시 찡그렸을 뿐 별다른 반응을 보이지 않고 아들에게 다정한 말투로 명령했다.

―에젠 황제께서 우리에게 지원군을 요청하셨네. 장군, 그대가 우리 군대를 이끌고 가서 놋 왕과 함께 루 도인 땅을 정복하게.

어찌 감히 거부하겠는가? 울릭은 루 도인 땅으로 나아갔다. 그리고 거기서 망자를 만나게 되었다. 당시에는 전장의 혼란 때문에 깨닫지 못했지만 알고 보면 모든 것이 명확하게 한 방향을 가리키고 있었다.

―대장장이 왕이시여.

―라토와 아리셀리스 님.

대장장이 왕은 며칠 동안 몸을 추스른 끝에 겨우 평소의 연약한 몸으로 돌아와 있었다. 그에게 안식처를 제공한 사람은 루 도인에서 가장 명망이 높은 아베로에스였다. 그는 승자와 패자를 막론하고 전쟁에 참여한 모두를 품었다. 패자들도 포로가 아니라 손님으로 여겨졌고 기력을 회복하면 언제든지 고향으로 돌아갈 수 있었다.

－무사하셔서 다행입니다.

－두 분 덕분입니다.

그런 치사가 한참을 오가는 탓에 데스커드는 금방 지루해졌다. 아직 가르젠처럼 가만히 듣고 버티는 능력이 부족했는데 가르젠도 데스커드처럼 젊었던 시절에는 마찬가지였다. 어떤 것은 세월이 저절로 해결해 주었다.

에이어리의 곁에 머물고 싶어 강아지처럼 조바심을 내던 무는 동족의 손을 뿌리치지 못하고 고향으로 돌아갔다. 몸의 붉은 기운이 사라진 탓인지 예전보다는 안온해 보였다. 헐렁한 옷으로 가린 가슴팍은 도드라지지 않았다.

－저의 생명을 구해 주셨으니 평생 따르고 섬기겠습니다.

－그럴 필요는 없어. 나에겐 데스커드가 있으니까.

무는 데스커드를 뚫어지게 쳐다보더니 일단 물러섰다.

－나중에 저 친구가 도전하면 죽지 않을 자신 있지?

대장장이 왕의 말은 절반쯤 진담이었다.

―이길 수 있을지 모르겠지만 지지 않을 자신은 있어요.

―그런데 저 친구, 겨울에 괜찮을까? 날씨가 추워지면 가슴이 엄청 시릴 것 같은데. 쇳덩이는 금세 차가워진단 말이야.

대장장이 왕은 자기가 물어 놓고서는 그렇게 딴소리로 넘겼다.

―이불을 두껍게 덮겠지요.

대장장이 왕의 헛소리를 잘 받아 주기로는 그의 경호원만 한 사람이 없었다. 대장장이 왕도 새삼 그것을 깨달았다.

라토와 아리셀리스가 나타났을 때 에이어리는 데스커드와 지내는 것에 다시 익숙해져 있었다.

―대장장이 왕, 우리의 약속을 기억하십니까?

마법사 형제가 동시에 물었다. 목소리는 두 개건만 나오는 입은 하나였다.

―물론입니다.

―그렇다면.

이어지는 목소리는 라토 혼자의 것이었다. 에이어리는 눈을 치켜뜨며 반응했다.

―마법사 왕국까지 동행해 주십시오. 이것이 제 작은 소원이고 정중한 부탁입니다.

―그것뿐입니까?

―그렇습니다.

라토가 슬며시 웃었다. 그 복잡한 표정은 아리셀리스와 꽤 긴 시간을 함께 보냈던 에이어리에게도 낯설었다. 오로지 라토에게서 비롯되었다고 말할 수 있었다.

―언제 출발하십니까?

―부대가 정비되는 대로 바로 갈 생각입니다. 일주일 정도 걸리지 않을까요?

라토와 아리셀리스는 멀찍이 서 있는 루비 쪽을 보았다. 루비 카르멘은 알아들었다는 듯이 고개를 끄덕였다.

―루 도인으로 오고 나서 겪은 여러 일이 제 몸 안에 깃든 힘을 어느 정도 제어할 수 있게 해 주었습니다. 나라를 되찾는 것은 어렵지 않을 겁니다. 과업을 완성하기에 준비는 충분합니다.

에이어리는 그 과업이 당연히 빼앗긴 나라를 탈환하는 일이라고 생각해 따로 묻지 않았다. 훗날 에이어리는 어두컴컴하고 좁은 공간에서 이때 만약 호기심을 드러냈더라면 어떤 대답이 나왔을까 곰곰이 생각할 기회를 얻게 되었다.

물에 빠진 사람이

지나가던 고귀한 사람을 보고 소리쳤다.

- 안녕하십니까?

- 나는 안녕하지만 그대는 그렇지 못한 듯하군.

- 부탁을 하나 드려도 되겠습니까?

- 물론이지.

- 저를 오늘 그 댁에 초대해 주십시오.

- 그보다 급한 일이 있지 않은가?

어째서 물에서 건져 생명을

보존하게 해 달라고 말하지 않는가?

- 에이, 그건 우리 사이에 너무 과한 부탁이 아닙니까?

저를 초대하셨으니 죽은 사람을

대접하기 싫으면 건지시겠지요.

V

**오카브가 아내를 설득한 다음
사라진 에이어리를 찾아 다시 떠난다**

— 애야, 애야.

— 왜요?

— 지난번에 했던 이야기 좀 계속해 줄 수 있겠니? 벌써 여기 머문 지 사흘째란다. 마을 사람들도 슬슬 날 귀찮게 여기고 있어.

— 싫어요.

— 왜?

— 무서워요.

— 뭐가 무서운데?

— 몰라요.

어린 아네시는 입술을 앙다물어 고집을 표현했다. 오카브는 아이를 다루는 법을 몰랐다. 그렇게 자물쇠가 채워지고 나면 난공불락이었다. 아이가 밤에 자고 일어나서 어제 있었던 일을 희미하게 기억할 때까지 하루를 더 기다려야 했다.

- 고생이 많으십니다.

 문을 나서는 오카브에게 에카가 다가왔다. 그는 단순한 마부 역할을 넘어 이제는 여왕의 남편을 수행하는 사람이 되어 있었다. 처음부터 그럴 만한 사람을 데네브가 붙여 주었을 것이다.

 - 어떻게 하면 저 아이를 설득할 수 있을까?

 - 저에게 물으시는 겁니까?

 - 지금 내 말을 듣는 사람이 그대밖에 없으니 그대겠지.

 오카브는 평정심을 잃은 것을 숨기지 않고 에카에게 화풀이하는 중이었다.

 - 저도 모릅니다. 오카브 님의 지혜로도 해결할 수 없는 문제 아닙니까?

 - 나한테 지혜가 있었다면 세상은 훨씬 평화로웠을 거야.

 - 세상의 평화를 혼자 책임지실 수는 없지 않습니까?

 - 그렇지. 그런데 한때 사람 중에서는 가장 거기에 가까운 힘을 지녔던 존재였지.

 여전히 그 힘은 남아 있었다. 신에게 버림받은 주제에 허락도 받지 않고 남은 힘을 사용한 것이 최근이었다. 아내와 아내의 나라와 아내의 국민을 지키기 위해서였다. 더 크게 보자면 아직 만나지 못한 자식을 위해서였다.

―저는 스승님의 고민이 과하다고 생각해요. 신이 정말로 스승님에게 저주를 내리실 생각이었다면 그 고귀한 힘을 진작 거두셨겠죠.

에이어리는 이 말을 남기고 떠났다. 어쩌면 옳은 말이었다. 아니, 확실히 옳은 쪽에 가까운 말이었다. 그러나 오카브로서는 자기를 책망하는 일을 여전히 그만둘 수 없었고 그러고 싶지도 않았는데 혹시 조금이라도 교만한 태도를 보였다가 신의 심기를 거슬러 그동안 유예했던 벌을 한꺼번에 뒤집어쓸 것을 우려해서였다.

―여왕이 그대에게 돌아가야 할 시점에 대해서 말하지 않았나?

―뭐든지 오카브 님께서 원하시는 대로 해 드리라고 하셨습니다.

―뭐든지?

―그렇습니다.

―내가 지금 당장 괴물이라도 잡으러 간다면?

―가서 함께 싸우고 지켜 드려야지요.

―그럴 힘이 있나?

―비록 평범한 마부이지만 오카브 님을 해치려는 것에 맞설 힘도 어느 정도는 있습니다. 카니악 정도는 어떻게 상대하

겠지요. 카니세리움을 잡으러 가자고만 하지 마십시오.

- 아, 그러니까 그대는 마부인 동시에 경호원도 된다는 말이군?

- 그뿐인가요? 비서, 수행원, 조언자, 광대까지 원하시면 뭐든지 될 수 있습니다.

- 그러면 이번에는 심부름꾼이 되게.

- 어떤 심부름 말씀입니까?

- 이 마을에서 아이를 가장 잘 다루는 사람을 수소문해서 나에게 모셔 오게.

- 좋은 생각이십니다.

- 나쁜 생각 중에서는 가장 좋은 생각이야. 칭찬을 듣고 싶었으면 더 일찍 떠올랐어야지.

작은 마을에서는 오카브가 찾는 사람에 대한 소문도 금방 퍼졌다. 덕분에 심부름꾼이 돌아오기도 전에 찾는 사람이 먼저 나타나는 기이한 현상이 벌어졌다.

- 접니다.

문을 활짝 열고 나타난 사람은 오늘 보면 내일 잊을 만큼 평범한 중년 여인이었다. 벌써 몇 번이나 스쳤지만 오카브의 기억에는 남지 못한 사람이었다.

- 뭐가요?

―네?

―접니다, 라고 하신 이유가 무엇입니까?

―아니에요?

―뭐가요?

―찾으셨잖아요?

―제가요?

―오카브 님 아니세요?

―맞습니다. 이 마을에 오카브가 또 있지 않다면요.

―없어요.

―그럼 제가 오카브가 맞습니다.

―찾으셨잖아요?

오카브는 여기서 문제를 파악했다.

―에카를 만나셨군요.

―에카가 누군데요?

일단 정신을 차린 오카브는 다시 혼란스러워하지 않았다.

―사람들이 뭐라고 하면서 저를 찾아가라고 하던가요?

―아, 아이를 제일 잘 돌보는 사람을 찾으신다고요.

―그러신가요?

―글쎄요. 아이를 아홉이나 낳았는데 한 명도 죽지 않아서 아홉 아이를 살린 라티라는 별명이 있지요.

― 대단하시군요. 어째서 열 명을 채우시지 않고.

거기까지 말하고 나서 전직 대장장이 왕은 자기 농담이 먹히지 않는 것을 알았다. 그러면 그만두는 쪽이 나았다.

― 라티, 제 문제는 아녜시에게 듣고 싶은 이야기가 있다는 겁니다. 꼭 들어야 합니다. 그런데 그 아이가 무섭다면서 입을 열지 않아요.

― 아녜시의 엄마한테 묻지 그러셨어요?

― 아녜시의 엄마는 아녜시의 고집을 꺾지 못합니다.

― 그렇다면.

아홉 아이를 살린 라티는 아이에게 무조건 통하는 방법 같은 것은 없다고 말했다. 자기 아이 아홉도 각자 행동하는 방식이 다르다는 것이다. 하지만 아녜시는 다섯째와 비슷해 보이니 어쩌면 이 방법이 통할 것이라고 일러 주었다.

― 좋은 말씀입니다. 그대로 따르지요.

― 정말로 여왕님과 결혼하셨나요?

― 그렇습니다.

― 여왕님의 부군처럼 보이지 않아요. 귀족들은 뭔가 다른 분위기를 풍기던데.

― 저는 귀족이 아니니까요. 그래서 그런지 저도 가끔 여왕님을 볼 때마다 주눅이 들고 어색합니다.

이번 농담은 아홉 아이를 살린 라티를 웃게 했다.

오카브가 다른 농담을 더 하려는데 에카가 문을 열고 들어왔다. 그는 눈치가 빠른 사람이라 배를 잡고 웃는 라티를 보고 곧바로 상황을 이해했다.

-수고했어, 에카. 해답의 실마리를 찾았어.

-그럼 가시죠.

오카브는 라티를 배웅하고 아네시의 집으로 쳐들어갔다. 정중한 방문이었지만 최소한 기세는 그 정도였다.

-아네시는 낮잠을 자고 있어요.

실망한 두 사람을 보고 아네시의 엄마가 물었다.

-깨울까요?

그 말이 의례적이라는 것은 오카브가 에카의 반의 반도 안 되는 눈치를 지니고 있어도 알 법했다.

-아닙니다. 아이는 낮에도 자야 한다고 들었습니다.

오카브와 에카는 주변을 다섯 바퀴 정도 산책한 끝에 앉아서 발에 휴식을 주기로 했다. 햇볕에 그대로 노출되어도 덥기는커녕 오히려 따뜻하고 포근하게 느껴지는 시기였다.

-그대는 돌아가면 어떤 일을 하게 되지?

-때마다 다릅니다.

-아예 내 수행원이 되는 것은 어떤가?

-여왕님의 허락이 필요합니다.

　-나에게는 권력이 없지만 그 정도는 들어줄 거야. 여왕이 자식을 낳게 되었는데 우연히 내가 그 아버지거든.

　-그 정도면 저 하나는 움직일 수 있겠네요.

　-그렇지.

　둘이 그렇게 시답잖은 이야기를 하다가 할 말이 없어서 멀뚱히 바닥만 볼 때쯤 아녜시의 어머니가 나타났다.

　-일어났어요.

　오카브는 그 자리에 에카를 남겨 두고 아녜시를 찾아갔다. 자다가 일어난 아녜시는 눈을 떴는지 감았는지 구별이 잘 가지 않았다.

　-아녜시, 나는 이따가 떠날 거다.

　-왜요?

　-왜라니? 원래 네 얘기를 들으러 왔는데 네가 아무 얘기도 안 해 주잖아. 그러니까 이제 가야지. 나도 바쁜 사람이라서 얼른 돌아가야 하거든.

　사실 하나도 바쁘지 않았다. 그러나 어린 아녜시가 알기는 어려웠다. 아이들은 어른들이 무조건 바쁘다고 생각할 수 있었다. 특히 새벽부터 밤까지 농사짓는 사람들 사이에서 태어난 아이라면 더욱 그랬다.

아녜시의 표정이 일그러졌다. 혹시 울려나 싶어서 오카브는 긴장했다. 하지만 아녜시는 그저 고민하고 있을 따름이었다. 그렇게 쉽게 우는 아이가 아니었다.

- 알았어요.
- 그래.

오카브가 바닥에 털썩 앉고 나서도 아녜시는 한동안 고개를 기우뚱하며 시간을 끌었다. 오카브는 어른답게 차분한 인내심으로 그 작은 입이 열리기를 기다렸다.

- 꿈속이었는데요. 다른 사람이 옆에 한 명 더 있었어요.
- 그래.
- 훨씬 어리고 잘생긴 사람이었어요.
- 아아.

오카브는 그의 정체를 파악하고 신음을 내뱉었다.

- 머리카락도 그렇게 지저분하게 길지 않았어요.
- 알았다, 알았어. 그래서 어떻게 되었니?
- 멀리서 빨간 괴물이 뛰어왔어요.
- 그리고?
- 빨간 괴물이 아저씨를 죽이려고 했는데 잘생긴 사람이 대신 맞았어요.

어린 아녜시의 꿈은 보지 못한 것을 꽤 생생하게 재현하고 있었다. 그 능력이 거짓은 아닌 듯했다. 에이어리와 친하다던 위대한 예언자도 꿈을 바탕으로 예언했던가? 오카브의 기억으로는 아니었다.

 − 까만색 그림자처럼 생긴 죽음이 대신 맞은 사람한테 달라붙었어요. 전 너무 무서워서 잠에서 깼어요.

아네시의 얼굴에는 아직도 두려움이 남아 있었다. 오카브는 손을 뻗어 아이의 젖은 이마와 머리카락을 닦아 주었다.

오카브가 아네시를 만나러 온 본래 목적은 갑자기 사라져 버린 에이어리를 찾기 위해서였다. 그러나 아이의 꿈에 거기까지는 나오지 않은 것 같았다.

 − 그렇구나.

 − 그 사람은 저기 있어요.

아이의 통통한 손가락이 먼 곳을 가리켰다. 실망에 잠겨 있던 오카브의 의식이 퍼뜩 깨어날 만한 방향이었다.

 − 아네시, 그걸 어떻게 아니?

 − 꿈에서 누가 말해 줬어요. 여기서 서쪽으로 쭉 가면 그 사람이 있을 거라고요.

 − 동쪽이 아니고? 저쪽은 동쪽이야. 서쪽에는 이상한 나라가 있고, 계속 가면 산밖에 나오지 않는단다.

아네시는 두 손으로 머리를 감싸 쥐고 고민했다. 오카브는 앞으로 태어날 자기 아이도 이렇게 귀엽게 굴지 궁금해졌다.

— 그럼 동쪽으로 할래요.

— 바다는 아니었지?

— 흙이 많았어요.

— 동쪽이 맞을 거다. 고맙다.

오카브가 서둘러 일어나는 것을 보고 아네시가 물었다.

— 또 오실 거예요?

— 물론이지. 너를 만날 일이 앞으로도 자주 있을 것 같구나. 너는 여왕님도 만나게 될 거야.

— 여왕님이요?

— 그래, 여왕님.

아이의 눈이 휘둥그레졌다. 오카브는 아이가 행복한 꿈을 꾸기를 바라며 바깥으로 나온 다음 에카를 불렀다.

에카가 헐레벌떡 달려왔다.

— 미안하지만 오늘 밤을 뚫고서라도 곧바로 돌아가자.

— 원하는 대답을 들으셨습니까?

— 전부 들었지. 제자가 자기도 모르게 내 운명을 바꿨다는군. 고마운 참견쟁이야.

— 그렇다면 가시죠.

마차는 이미 준비되어 있었다. 오카브는 에카가 자기 명령을 예상하고 모든 것을 갖춰 놓았음을 알았다. 에이어리처럼 영특한 친구였다.

마차는 말들에게 꼭 필요한 휴식을 빼면 쉬지 않고 달려 젤레즈니의 수도로 돌아갔다. 아네시를 만나러 느긋하게 왔을 때와 비교해 걸린 시간의 차이가 크지는 않았지만 오카브의 조급한 마음을 달래기에는 그래도 서두르는 쪽이 나았다.

오카브는 마차에서 내리기 무섭게 아내를 만나러 달려갔다. 여왕의 남편으로서 체통이 떨어지는 짓이고 남들이 보고 수군거릴 것을 알면서도 그렇게 했다. 노골적으로 비웃는 자들은 그의 적 중에서도 머리가 나쁜 사람들이었다. 오카브가 그들을 기억하고 경계할 것이고 가끔은 여왕에게 그들을 혼내 달라며 이를지도 모르는 일이었다.

저녁·식사를 마친 여왕은 한적한 곳에서 쉬고 있었다. 안내를 받은 오카브는 데네브를 꼭 안은 다음 반대편 의자에 앉아 쉬지 않고 자기가 겪었던 일을 설명했다. 에이어리가 팔목에 차고 있는 오카브의 마지막 유산이 눈 깜짝할 사이에 다섯 번씩 발사되는 것 같은 느낌이었다. 데네브는 정말 발사 속도를 세려는 사람처럼 계속 눈을 깜박거리며 들었다.

—이런, 에이어리처럼 수다를 떨었군.

—에이어리도 스승에게 배운 것일 테니까요.

오카브는 그 말에 반박하지 못했다.

─다시 가야 합니다. 제자에게로 죽음의 기운이 옮겨 갔다니까요. 그건 원래 내 것이었어요.

─다시 주인이 되어 죽고 싶으신 거예요?

데네브의 말은 농담 같기도 하고 진담 같기도 했다.

─그럴 리가 있나요. 아무튼 에이어리를 구해야 합니다.

─오카브 님.

데네브의 배는 왠지 떠나기 전보다 더 커진 것처럼 보였다. 겨우 며칠 사이라 그럴 리가 없는데 아무리 보아도 그렇게 보였다.

─전에는 신전에 갇혀 있는 걸 좋아하시더니 막상 여기에 온 다음에는 한곳에 있지 않으시네요.

─이번 일만 끝나면 영원히 돌아다니지 않고 한곳에만 있을 예정입니다.

오카브는 자기가 한 말이 이상하게 들릴 수 있다는 걸 말을 끝내고 나서야 알았다.

─아니, 그런 의미가 아니에요. 살아서, 젤레즈니 안에서, 젤레즈니를 벗어나지 않고 조용히 지낼 겁니다.

둘은 서로의 눈을 보면서 한참을 웃었다.

─아직 이름을 지어 주지 않으셨어요.

데네브가 배를 가볍게 두드렸다.

－지어 주는 사람이 따로 있지 않나요? 칼디의 이름도 그렇게 정해졌다고.

－그건 과거의 풍습이에요. 칼디의 이름이 무엇이었든 칼디는 지금과 같았을 거예요. 이름은 사람의 운명을 바꾸지 못해요. 운명에 걸맞은 이름을 받을 수는 있어도 말이죠.

－그렇다면.

오카브가 거기까지 말한 순간 왠지 기쁨이 사라졌다. 처음부터 그 자리에 없었던 것처럼 적막감만 둘을 감싸고 돌았다. 오카브는 여왕의 손을 잡아 온기를 확인하고 싶었지만 그렇게 하는 것이 부끄러웠다.

－돌아와서 짓겠습니다.

－꼭 그렇게 하세요.

오카브는 여왕의 명령을 어길 생각이 없었다.

- 아녜시가 꿈꾼 것은

항상 그대로 이루어지니?

어린 아녜시는 젤레즈니 여왕 앞에서 고개를 저었다.

- 아니요. 어떤 때는 새로운 꿈을 꿔요.

그러면 내용이 약간 바뀌어 있어요.

- 당연히 그래야겠지.

여왕이 아녜시의 머리를 쓰다듬어 주자

아녜시는 뿌듯한 듯 눈을 감았다.

VI

**어려운 선택을 강요받은 스타인 왕이
상황에 떠밀려 마음을 굳힌다**

제국은 전쟁으로 혼란스러웠다. 나라 전체가 두 조각으로 나뉘어 있었다. 한때 황제였던 사람과 지금 황제인 사람이 서로 권력을 잡겠다고 무고한 생명을 희생했다. 사실 그 희생자들은 누가 이겨도 따로 얻을 것이 없는 사람들이었다.

스타인은 그런 제국의 서쪽 끝에 달라붙은 작은 혹 같은 곳이었다. 제국 사람들이 말하기를 두 나라의 국민은 같은 인간이라는 점을 빼면 아주 작은 공통점도 발견할 수 없을 만큼 달랐다. 물론 아름답고 훌륭한 것은 모두 제국의 몫이요, 열등한 것은 스타인의 특성으로 돌렸다.

그러나 제국이 내전으로 신음하는 것을 구경하던 스타인이 같은 처지에 빠진 것을 보면 두 나라가 그렇게 다른지 의문이 생겼다. 어느 한쪽이 더 고귀한 싸움을 벌이고 있다고 말하기도 어려웠다. 두 전쟁 모두 그 나라에 사는 대다수와 무관한 탐욕을 바탕에 두고 있었다.

피에스의 사람들을 이끄는 지도자 피에스가 레푸스 스타인을 도와서 다른 나라들의 반란을 부추기고 그 대공들을 체포해서 스타인의 옛 수도로 압송했을 때 모든 일은 끝난 것 같았다.

-이제 내가 왕이 되고 그대가 총리가 되는 일만 남았군.

레푸스는 기쁨이 넘친 나머지 오랜 기간 이어진 절주를 그만두었다. 가득 따른 파르바주 잔을 흔들며 피에스에게 말을 걸었을 때 술기운과 흥분이 동시에 전해졌다. 피에스는 노련하게 둘을 차단하고 멀쩡한 정신으로 물었다.

-마르쿠스는 어떻게 됩니까?

-그게 그대와 무슨 상관인가? 장군 자리를 주면 되지 않겠나? 그는 군대를 다루는 일에 익숙하니.

-어떻게 그런 위험한 말씀을 하십니까? 그는 오랫동안 스타인 전체의 병권을 독차지하고 있었습니다. 모든 병사는 그의 개인적인 부하나 마찬가지입니다. 그가 나쁜 마음을 품었을 때 어떻게 막을 수 있겠습니까?

-그는 그런 사람이 아니야.

-마르쿠스는 내심 총리 자리를 원했을 것입니다. 게다가 저를 미워합니다. 지난번 사건이 충분히 증명하지 않습니까?

마르쿠스가 없는 동안 레푸스가 피에스를 측근으로 둔 적이 있었다. 플리니 대공의 군대와 함께 돌아온 마르쿠스는 피에스와 부하들을 일거에 몰아냈다. 그때 레푸스가 반역이라고 중얼거렸던 말은 완전히 농담은 아니었다. 진심이 담겨 있었다.

- 마르쿠스가 돌아온다면.

- 또 저를 내쫓고 왕처럼 굴 것입니다.

- 어쩌면 좋겠는가?

- 그에게 아무 권한도 주지 마십시오. 선대 왕을 충분히 섬겼고 이제는 나이도 적지 않습니다. 정 미련이 남았다면 늙은 플리니 대공이나 따르게 하십시오.

레푸스가 대답하려는데 피가두 대공비가 딸을 안고 나타났다. 이제 레푸스가 왕이 되면 왕비라고 불려야 마땅했다.

- 딸에게도 관심을 두시죠.

- 내 관심은 언제나 이 아이에게 있지.

레푸스가 두리번거리며 방금 곁에 있던 피에스를 찾았다. 그는 가족을 방해하기 싫은 듯, 어쩌면 가족이라는 형태를 진절머리 나게 싫어하는 사람처럼 자리를 뜨고 없었다.

그날 밤이었다. 오레스테스와 르네와 피가두, 세 대공은 한꺼번에 감옥을 박차고 탈출했다. 내부에 동조하는 사람이 없으면 불가능한 일이었다.

그들은 따로 영지로 돌아가지 않고 피가두 대공의 영지까지 함께했다. 피가두와 르네는 오랫동안 싸움을 지속했으나 이제는 한마음으로 오레스테스를 스타인의 왕으로 추대했다.

며칠 후 그 소식이 들리자 레푸스는 길길이 날뛰며 분노했다. 피에스는 레푸스 역시 정식으로 스타인의 왕이 되어야 반란군을 진압할 명분이 생긴다고 했다. 그래서 레푸스는 아버지의 숙원대로 다시 스타인의 왕이 되었다. 다만 통일 왕국은 이루지 못했다.

레푸스의 영토라고 해 보아야 스타인 공국이 전부였다. 나머지 세 공국은 반역자 오레스테스의 것이었다. 왼쪽의 플리니 공국은 아무도 신경 쓰지 않았다. 스타인 사람들에게는 거저 줘도 가지기 싫은 땅이었다.

오른쪽 땅, 아크마트의 폴로 공국도 섬처럼 남았다. 아크마트는 황제 곁에서 보좌하기 바빠 스타인에는 관심을 보이지 않았다. 스타인의 군대를 여차하면 언제든지 쓸어버릴 수 있는 조무래기로 여기는 이유도 있었다. 제국 정예군이 여전히 주둔하고 있어서 새로 왕이 된 레푸스와 오레스테스도 쳐들어갈 엄두는 내지 못했다.

이런 상황이 벌어진 원인을 따지자면 플리니 대공과 마르쿠스의 군대가 돌아오지 않은 것이 크게 작용했다. 그들이 너무 잘 싸운 탓에 바실 장군이 끝까지 함께 싸워 주기를 간곡히 권유한 탓이었다. 그 대가로 스타인 왕국의 독립은 한 번 더 보장되었다. 폴로 공국을 스타인에 반환하는 것도 공식 문서로 남았다.

　- 저들이 약속을 어기면 어쩌시렵니까?

　스타인 북쪽 땅에서 오랫동안 차별받았던 사람들을 이끄는 수무르는 스타인이나 제국이나 믿을 것이 못 된다는 신념을 지니고 있었다. 그들이 겪은 일을 생각해 보면 편견으로 치부하기 어려웠다.

　- 문서로 확약받은 약속은 저들도 쉽게 돌리기 어렵습니다. 게다가 우리에게 어떤 다른 선택이 있겠습니까? 만약 여기서 이탈한다면 적과 밀약했다는 꼬투리를 잡히게 됩니다. 노골적으로 스타인을 삼킬 핑계로 삼겠지요.

　마르쿠스는 어떤 상황에도 쉽게 흥분하지 않았고 그의 설득력 있는 태도와 정연한 논리는 언제나 주위 사람들의 신뢰를 받았다. 플리니 대공은 그의 말에 고개를 여러 번 끄덕였다. 강의를 듣는 학생 같았다.

　- 그 말씀이 옳습니다. 우리는 여기서 싸워 마땅히 얻어야 할 것을 얻고 돌아가야 합니다. 전쟁을 승리로 이끈다면 우리의 공을 아무도 무시할 수 없을 것입니다. 어쩌면 이 전쟁이야

말로 스타인에 주어진 마지막 기회일지도 모릅니다.

플리니 대공의 말에 마르쿠스와 수무르는 강하게 동의하며 우의를 다졌다. 셋 중 나이가 젊다고 할 만한 사람은 없었다. 스타인의 젊은 지도자들은 자기 나라의 운명을 결정하는 싸움에 참여하지 못했다.

그중 가장 유명한 둘은 각자 자기가 왕이라고 내세우며 내전을 벌이고 있었다. 플리니와 마르쿠스와 수무르가 들었더라면 분노하고 부끄러워하고 또 한탄하겠지만 두 지역 사이의 거리가 먼 탓에 그 사실은 전달되지 않았다. 까마귀들이라면 얼마든지 소식을 물어다 줄 수 있었으나 까마귀는 언제나 황제의 까마귀이지 스타인 사람을 위한 까마귀가 아니었다.

바실 장군은 플리니 대공을 동등한 지위의 사람으로 정중하게 대접했다. 게다가 플리니 대공이 제국 대학의 교수였던 시절 가르친 제자 중 하나가 그의 아들이라는 사실이 밝혀진 다음부터는 공손함이 더해졌다. 가끔 저녁 식사에 초대하기도 했다.

─그 친구가 아드님이셨군요. 지금은 어디에서 무엇을 하고 있습니까?

─부끄럽게도 여행을 핑계 삼아 노는 중입니다. 마땅한 자리가 나지 않아서요.

− 아버지의 뒤를 이어 군인이 되면 어떻습니까?

− 제 휘하에 그보다 군인으로 쓸모없는 사람은 한 명도 없습니다.

바실 장군과 플리니 대공은 함께 웃으며 우정 비슷한 것을 쌓았다. 그들은 서로의 인품에 감탄하며 항상 존중하는 마음을 품었는데 두 사람은 알고 보면 기둥같이 굳센 사람이라는 점에서 닮아 있었다. 바실이야 처음부터 그런 사람이었고, 플리니 대공은 학자였던 시절 그런 풍모가 잘 드러나지 않았으나 레푸스를 모시고 플리니 공국을 다스리게 되면서 본격적으로 숨겨진 본성을 드러내었다.

플리니 대공의 가장 큰 저력은 그가 언제든지 권력을 버리고 학자의 삶으로 돌아가기를 꿈꾸는 것에서 나왔다. 항상 물러날 준비가 되어 있었기에 작은 것에 집착하지 않고 큰 결정을 내리는 것이 손쉬웠다. 제국의 두 황제와 스타인의 두 왕이 여러 번 다시 태어나도 가질 수 없는 덕목이었다.

플리니 대공과 마르쿠스와 수무르가 전쟁의 최전선에서 스타인의 지위를 올리려고 애쓰는 동안 레푸스 왕은 장인으로부터 편지를 받았다. 공식적인 것은 아니고 측근을 통해 비밀스럽게 전해졌다. 어차피 스타인 사람들끼리 뒤섞여 있었기에 편을 가르기도 분명하지 않았고 사방에 눈과 귀가 있었다.

피가두 대공의 은근한 제안은 이런 것이었다. 피가두와 르네가 오레스테스를 왕으로 옹립한 것은 어디까지나 피에스에 대항하기 위해서다. 지금 스타인의 구더기가 되어 살을 뜯어먹는 것은 피에스의 무리이다. 그러니까 레푸스가 호응만 해준다면 피가두와 르네는 다시 레푸스를 섬길 생각이다.

레푸스는 이 문제를 아내와 상의할 수도 있었다. 그러나 아내는 피가두 대공의 딸이 아닌가? 무조건 아버지에게 좋은 쪽으로만 말할 것이다.

가장 믿음직스러운 신하 마르쿠스는 멀리 전장에 있어 생사조차 알 수 없었다. 지금 왕의 곁을 지키는 신하는 알고 보면 모두 피에스의 사람들 중에서 높은 지위를 차지하고 있는 핵심 간부들이었다.

– 이래서야 내가 왕인지 피에스가 왕인지도 모르겠군.

레푸스가 자조적으로 읊조린 것이 벌써 여러 번이었다. 그때마다 내용물이 붉은 보석처럼 빛나는 파르바주 잔이 손에 들려 있었다.

– 처음부터 피에스에게 권력을 주는 것이 아니었어. 나는 허수아비 왕이야. 아버지가 내게 이런 것을 원하시지는 않았을 텐데.

무스텔라 스타인의 마지막 모습이 떠올랐다. 관에 누워 편안히 잠든 그의 얼굴 위로 하얀 파르바꽃이 빗방울처럼 쏟아졌다. 그때 스타인 사람들은 레푸스를 지지하는 함성을 질러주었다. 그런데 어떻게 이런 처지가 되었을까?

─나는 왕이지만 왕이 아니구나.

─아닙니다, 왕께서는 태어날 때부터 왕이셨습니다.

그렇게 대답한 것은 옆에서 시중을 들던 하인이었다. 레푸스는 그가 피에스의 심복일까 두려워 몸을 떨었다. 그러고 나서 자기의 그런 처지를 금방 서글퍼했다.

─걱정하지 마십시오. 저희 집안은 선대부터 왕을 모셨습니다. 왕에게 해를 끼치는 일은 제 몸이 상할지언정 할 수 없습니다.

─이름이 무엇인가?

그는 몇 년째 왕의 곁을 지켰다. 레푸스가 금주할 때 술을 따르려다가 면박을 듣기도 했지만 언제나 변함없이 식사 시중을 들었다. 그러나 이름을 묻기는 처음이었다. 레푸스에게 그는 숟가락 같은 존재라 따로 이름을 붙일 필요가 없었다.

─리츨입니다.

─리츨, 좋은 이름이구나.

이름을 물은 것은 충동적이었고 칭찬은 형식적이었다. 그러나 리츨은 계산 없이 기뻐했다. 레푸스는 이어서 나이와 가족을 물었다. 그는 레푸스와 같은 해에 태어났고 결혼해서 딸이 하나 있는 것까지 똑같았다.

같은 해에 태어난 두 사람 중 하나는 고귀한 왕이 되고 하나는 그의 식사 시중을 드는 신세가 되었다. 아버지가 달랐던 탓이다. 그러나 레푸스는 자기가 그보다 더 능력이 출중한지, 더 행복한 삶을 살고 있는지 질문을 받았을 때 둘 중 하나라도 그렇다고 대답할 자신이 없었다.

리츨은 왕이 자기 얼굴을 뚫어지게 바라보자 시선을 돌렸다. 왕과 오래 눈이 마주치는 것은 무례한 일이었다.

- 그대는 피에스의 사람들인가?
- 주변 친구 중에는 많지만 저는 아닙니다.
- 어째서?
- 빛나는 지도자 피에스 님이. 죄송합니다.

이 순간 리츨은 피에스를 지칭하면서 웬만한 언어로는 대응하는 표현을 찾을 수도 없는 극존칭을 사용했다. 제국에서나 황제에게 가끔 사용하는 일이 있고, 거의 같은 언어를 쓰는 스타인에서는 왕조차 평생 한 번 듣기 어려운 말이었다. 레푸스는 오랜만에 기민한 반응을 보였다.

- 저 바깥에서는 피에스를 그렇게 부르는군?
- 그렇습니다.

왜 아니겠는가. 스타인을 일부나마 통일한 것은 피에스와 그의 사람들이라고 불리는 자들의 공이 아니던가. 레푸스는 이름만 빌려주었을 뿐 실제로 한 것이 없었다.

레푸스는 젊은이답지 않게 낙담했다. 물론 젊은이도 낙담할 수 있지만, 치기와 열망이 세상의 벽에 부딪혔을 때 느끼는 격렬한 절망이 아니라 인생을 거의 다 산 사람이 이제 자기 시대가 끝난 것을 알고 느끼는 무력감에 가까운 감정이었다.

― 그래서 왜 피에스의 사람들이 되지 않았지?

― 저에게는 그 집단이 마치 종교 집단처럼 보였습니다. 피에스는 신의 사제인 동시에 신 같았습니다. 모두가 그를 떠받들었습니다. 저는 따로 섬기는 신이 있어서 그에 동참할 수 없었습니다.

― 어떤 신 말인가?

리츨은 머뭇거리다가 털어놓았다.

― 대장장이 신입니다.

레푸스는 스타인을 돕기로 하고 약속을 어겼던 건방진 대장장이 왕의 얼굴을 잠시 떠올렸다. 그러나 무력한 사람에게는 분노도 크게 일지 않는 법이라 금방 가라앉았다.

― 나는 이제 선택해야 하네.

레푸스는 마르쿠스가 아니면 상담조차 하지 말아야 하는

기밀 사항을 하인에게 줄줄이 설명했다. 숨어서 엿듣는 자가 있는지 확인하지도 않고 그렇게 했다. 낙담에 취해서인지 술에 취해서인지 둘이 상호 작용을 일으켰는지 말하는 사람도 듣는 사람도 신경 쓰지 않았다.

- 왕께서 선택하시면 모두가 따를 것입니다.

- 그건 입에 발린 소리네. 유감스럽지만 현실은 그런 식으로 흘러가지 않아.

레푸스가 두어 잔을 더 비우는 동안 리츨은 묵묵히 술을 따를 뿐 아무 말도 하지 않았다. 레푸스가 침실로 돌아가려고 몸을 일으키자 그제야 입을 겨우 열었다.

- 피에스는, 그는 누구도 섬기지 않을 것입니다.

리츨의 말이 가슴에 꽂히는 바람에 레푸스의 눈이 번쩍 뜨였다.

- 제가 실언을 했습니다.

- 아니야.

레푸스는 비틀거리며 리츨의 어깨를 잡았다.

- 그 말이 옳아. 누구나 볼 수 있었어. 나도 볼 수 있었어. 마르쿠스를 미워하지만 않았다면.

마지막 말은 리츨을 놀라게 했다. 숙소로 돌아가 침대에 누운 다음에도 그 말이 머릿속을 떠나지 않는 바람에 잠을 설쳤다. 정작 가장 깊은 곳에 숨겨져 있던 진실을 내뱉은 레푸스는 리츨과 그의 충고를 모두 기억하면서도 마지막 고백만은 안타깝게 잊어 버렸다.

아침이 되자마자 피에스가 왕을 알현하러 찾아왔다. 왕은 오랜만에 찾아온 두통 때문에 머리를 한쪽으로 기울인 채 그를 맞았다.

- 왕비님은 애석하게도 반란자 피가두의 딸이 아닙니까? 계속 왕비 자리에 두었다가는 이 나라의 안위가 위험해질 것입니다.

- 그러면 내 아내를 감옥에 가두기라도 하자는 말인가? 내 딸의 어머니를?

피에스는 레푸스가 놀라기는커녕 비아냥거리는 것을 의아해했다. 제법 왕다웠다.

- 감옥에 가둘 필요는 없습니다. 그러나 딸이 아버지의 뜻을 거역할 수 있겠습니까? 우리 안의 위험 요소는 처리해야 합니다.

피에스의 말을 듣고 레푸스는 어느 쪽을 택할지 마침내 명확하게 정했다. 약간 늦은 감이 있는 선택이었다.

─ 레푸스 님의 삶은 너무 많은 고통으로

채워져 있는 것 같아요. 무엇 하나 원하는 대로

풀리는 게 없고요. 정말 한 사람의 힘으로는

아무것도 바꿀 수 없는 걸까요?

손녀의 질문은 오랜 세월을 겪은 사람이,

레푸스를 직접 만난 여인만이 대답할 수 있었다.

비록 보잘것없는 출신이었지만

자식 중 하나는 크게 출세했다.

다만 지금 멀리 보이는 스타인 성에는 아들이 없었다.

그는 먼 곳에서 일어난 전쟁에 나가 있었다.

─ 사람은 본래 무력하지. 그러나 레푸스 님의 실패는

그것 때문이 아니야. 그분은 너무 겁이 많단다.

세상 모든 것을 두려워하는 사람은 알고 보면

언제나 힘한 길만 선택하게 되어 있는 법 아니겠니?

여인이 손녀를 향해 환하게 웃는 모습을 보면

그 아들 마르쿠스의 얼굴을 쉽게 연상할 수 있었다.

물론 마르쿠스는 어머니처럼 감정을 드러내며

웃는 일이 드문 사람이었다.

VII

에이어리가 마법사 왕국으로 출발하기 전에
조언자 흉내를 내며 예언한다

루 도인 땅에서 벌어지는 일을 이야기하자면 언제나 아베로에스부터 시작하는 쪽이 좋다. 그는 자애로운 아버지라는 별명이 잘 어울리는 사람이었다.

  두툼한 눈썹은 경계가 진하지 않아서 그의 부드러운 성품을 드러내 주었다. 바깥 주름이 깊게 파인 눈은 언제나 웃는 것처럼 보였다. 커다랗고 살짝 휘어진 코는 주인의 강단을 드러내는 상징이었다. 옅은 분홍빛에 아래쪽이 특히 두툼한 입술은 그의 재산과 인품을 포함해 모든 것이 넉넉하다는 인상을 풍겼다.

  따가운 햇볕을 피하려고 항상 쓰고 있다 보니 잠잘 때를 빼고는 벗는 일이 없는 모자 아래로는 수북한 머리카락이 쉬고 있었다. 그가 털이 많은 사람이라는 것은 어차피 귀 아래에서 시작해 목젖까지 돋아나는 수염을 보면 누구나 알았다.

  그러나 그의 손은 여자처럼 가늘고 섬세해서 아무리 정교한 일이라도 감당할 수 있을 것 같았다. 남에게 일을 맡기지 않고 손수 감당하는 사람의 손이었다. 재주 없이 그저 푸근하기만 했다면 루 도인 땅에 사는 사람들의 아버지로 불릴 수 없었다. 그들은 모두 명분보다 실리를 중시하는 사람들이었다.

아베로에스에 대한 자세한 관찰은 에이어리의 눈과 정신을 통해 이루어졌다. 아베로에스와 마법사 형제가 작별을 앞두고 긴 인사를 나누는 바람에 지루해진 대장장이 왕은 비로소 그를 전체가 아니라 세부로 기억할 기회를 얻었다.

-가시는 길에 신의 축복이 임하고 결실이 풍족하기를 기원합니다.

벌써 같은 말을 다섯 번은 한 것 같았지만 듣는 마법사 형제는 매번 처음 듣는 것처럼 기뻐했다. 왕족으로서 교육을 받은 그들은 에이어리보다 참을성이 빼어났다.

라토와 아리셀리스는 아베로에스에게 지원을 부탁하지 않았다. 이미 많은 신세를 지고 또 염치없이 그럴 수가 없었다. 그리고 어차피 아베로에스가 거절할 것을 알았다. 그는 루 도인 안에서 벌어지는 문제라면 가족의 일로 여겨 적극적으로 해결하지만, 경계 밖에서 일어나는 사건에는 대체로 무관심한 태도를 유지했다.

마법사 왕국을 탈환하러 가는 형제와 동행하는 사람은 그들의 오랜 친구이자 루비 가문의 수장인 카르멘, 그리고 대장장이 왕과 그 경호원이 있었다. 에메랄드와 루비와 사파이어의 이름을 이어받은 사람들도 함께였다. 위대한 조언자도 일행이었다.

가르젠 역시 끝까지 함께하려는 의지를 감추지 않았지만 에이어리는 그를 돌려보내며 당부했다.

-신전이 큰 피해를 입었으니까 가르젠이 필요한 일이 많을 거예요. 여기는 데스커드가 있으니까 걱정하지 마세요.

가르젠은 그가 아직 애송이라고 대답하려다가 어깨를 으쓱하고 말았다. 누군들 애송이가 아니겠는가. 모두가 다 자란 척하지만 사실은 애송이라서 멍청한 실수를 계속하게 된다.

-이번에는 왕을 끝까지 지켜 드려야 한다.

가르젠은 단어 하나를 반복했다.

-이번에는.

가르젠의 말에는 불길함을 암시하는 그림자 같은 것이 있었다. 뱉어 놓고 나서도 자기 입에서 나온 것 같지 않게 껄끄러워서 침을 뱉고 싶어졌다.

-이번에는 제 목.

가르젠이 커다란 손으로 데스커드의 입을 막는다는 것이 얼굴 전체를 덮어 버렸다. 데스커드는 어린아이처럼 캑캑거렸다.

  ─ 그런 이야기는 하는 것이 아니다. 네 녀석이 위대한 조언자님처럼 미래를 알 수 있다는 뜻이 아니야. 혹시 우연히 그 말이 현실이 되었을 때 우리가 말리지 못한 것을 슬퍼하게 된다는 말이다.

  ─ 알겠습니다.

  데스커드는 가르젠이 평소답지 않게 매사를 심각하게 받아들인다고 생각해 버렸다. 그러나 가르젠의 느낌은 경험의 체로 거른 끝에 나온 정수에 가까웠다. 나중에 가르젠은 자기가 모든 것을 알면서도 아무것도 모르는 사람처럼 굴었다고 한탄했다.

  출발 준비는 여러 날 동안 진행되었다. 바쁜 사람은 라토와 아리셀리스와 루비였고 그들을 돕는 아베로에스였다. 에이어리와 데스커드 같은 사람은 딱히 할 일 없이 빈둥거리며 루 도인에 사는 사람들의 융숭한 대접을 받았다.

  어느 날은 에이어리가 옆구리를 만져 보며 말했다.

  ─ 아무래도 살이 좀 찐 것 같구나.

  ─ 저는 그대로입니다. 왕께서는 운동이 부족하시니까요. 먹고 누워만 있으면 누가 살이 찌지 않겠습니까?

  데스커드는 에이어리보다 두 배를 먹었지만 정말 변화가

없었다.

－영원히 이렇게 편하게 지낼 수는 없을 거야. 그렇다면 쉴 수 있을 때 쉬는 것도 좋지 않을까?

무의 생명을 구하겠다고 달라붙었을 때의 에이어리는 뼈에 가죽만 입힌 꼴이었다. 데스커드도 그 모습이 떠올랐는지 더는 놀리지 않고 입을 다물었다.

그로부터 며칠이 더 지난 뒤에야 마법사 왕국을 탈출한 사람들이 고향으로 돌아가는 날이 왔다. 아베로에스와 마법사 형제의 작별이 끝나기를 기다리다 지쳐 에이어리가 아베로에스의 모습을 자세히 관찰한 날이기도 했다. 상념에 빠진 에이어리에게 아베로에스의 얼굴은 점점 크게 보였다. 마치 앞으로 다가오는 것 같았다.

－대장장이 왕이시여.

－이크.

느낌이 아니라 아베로에스가 정말 다가와 있었다.

－왜 그러십니까?

－아닙니다. 신발에 모래가 들어간 모양입니다.

아베로에스는 껄껄 웃었다.

－그래서 우리는 때로 이 모래를 발을 무는 벌레라고 부릅니다. 아무리 장사라도 이 벌레에 한번 물리면 신경 쓰지 않기

란 불가능하다고요.

　- 정말 그렇겠네요.

　괜히 벌레 이야기를 하고 보니 아베로에스의 눈썹이야말로 나무 위를 기어다니는 벌레와 닮은 꼴이었다.

　- 대장장이 왕께 제가 드릴 축복은 따로 없습니다. 인간에게 내려진 모든 축복의 주인이 아니십니까? 다만 겸손히 안녕을 기원할 따름입니다. 루 도인을 지나실 때 들르신다면 언제나 저를 대하는 것과 같은 대접을 받으실 것입니다.

　에이어리는 그의 인사에 부끄러워져 대답할 말이 떠오르지 않았다. 고개를 끄덕이고 그의 양손을 감싸 줄 뿐이었다. 아베로에스는 대장장이 왕의 태도에 크게 감격했다.

　대장장이 왕을 위해서는 마차가 따로 준비되었다. 말을 타고 가는 방법도 있었으나 마법사 형제는 귀중한 손님인 에이어리가 고생하지 않도록 배려해 주었다. 에이어리는 그런 배려를 거절하는 법이 없었다.

　긴 인사가 끝나고 대장장이 왕이 마차에 오르려는데 멀리서 맹렬하게 달려오는 사람이 있었다. 혼자인 듯 보이고 탈것의 움직임이 마타와 비슷하다고 했다.

　- 중요한 소식을 전하는 사자일 수 있으니 잠시 기다려 봅시다.

모두 그 말을 따랐는데 정작 나타난 것은 루 도인의 대장군 무였다. 아베로에스의 수하들과 마법사들과 데스커드는 긴장해서 무기부터 찾았다.

─아닙니다.

무는 양손을 들어 보였다.

─평화로운 목적으로 왔습니다.

─참으로 그렇겠지.

아베로에스를 따르는 사람 중 하나가 그렇게 비아냥거리다가 주인으로부터 따가운 시선을 받고 숨을 들이켰다.

무는 말에서 내리자마자 에이어리를 찾더니 곧장 그에게 다가섰다. 데스커드가 옆자리에서 일어나려는 것을 에이어리가 손으로 만류했다.

─괜찮다, 그런 것이 아니야.

무의 걸음걸이는 루 도인답게 재빨라서 에이어리가 말을 마쳤을 때 이미 마차 창밖까지 도달한 다음이었다.

─내가 떠나기 전에 인사를 전하러 왔느냐?

에이어리의 태도는 여유로웠다.

─다시 한번 동행을 청하러 왔습니다.

무의 몸에서 오래전 마법사가 불어넣은 붉은 기운은 모두 빠지고 없었으나 여전히 그는 붉은 사람처럼 상기되어 보였다. 모두가 그렇게 느꼈다.

–전에도 말했지만 나에게는 데스커드가 있다.

–둘이라서 나쁠 것도 없지 않습니까?

–무.

에이어리가 그의 옛 이름을 부르자 무는 수줍어했다.

–이제 제 이름은 무가 아닙니다. 사제께서 저의 변화에 걸맞은 이름을 지어 주셨습니다.

–그러면?

–알로말입니다.

–그래, 알로말.

–예.

–그대가 지켜야 할 것은 내가 아니라 루 도인이다. 이 전쟁이 어떻게 끝나든지 너희들이 처한 위기를 모르겠느냐?

알로말은 고개를 숙이고 대답했다.

–알고 있습니다.

알고 있다고 해도 에이어리는 굳이 설명하고 싶었다. 그가 나중에 수다쟁이라는 별명을 얻게 될 조짐은 이전에도 얼마든지 있었지만 이 장면도 추가할 만했다.

–만약 황제가 전쟁에서 승리한다면 너희 루 도인은 반란 세력이 될 것이다. 제국 사람들이야 용서를 구할 수 있고, 놋

같은 곳에서야 뇌물이라도 바치고 벗어나려고 들겠지. 하지만 루 도인은 황제에게 무엇을 줄 수 있을까? 오직 목숨밖에 없다.

　-그렇습니다.

　-너희들이 편든 에젠 황제가 승리하고 제국을 빼앗는다고 해도 상황은 좋지 않다. 내가 여러 사람에게 들은 바에 따르면 루 도인은 이번 전쟁에서 기대한 만큼 활약하지 못했어. 내가 널 방해한 탓이 크겠지만 말이야.

　대장장이 왕은 자기가 혜안을 발휘해 그를 일부러 방해한 것처럼 말했지만 사실 그렇게 깊이 계산한 행동에서 나온 결과는 아니었다. 대장장이 왕이 일부러 철저한 계획을 세워 행동했어도 이보다 더 나은 결말이 나오기는 어려웠다. 본래 보잘것없는 인간의 계획이 복잡한 세상에 그대로 적용되는 일 자체가 드물었다.

　-하지만 너희들이 강하다는 것은 세상 모두가 알았다. 제국 사람뿐 아니라 모두가 그 힘을 이용하거나 없애려고 들 거야. 너희들의 힘이 적의 손에 들어가면 골치가 아플 테니까. 알고 있겠지?

　-그렇습니다.

　목소리는 처음보다 작았다. 분명 알로말은 거기까지 생각하기보다는 행동이 먼저 앞섰을 것이다.

─아베로에스 님은 그래서 루 도인이 제국의 일에 끼어들지 않기를 바라셨던 거야. 여기 루 도인 땅에서라면 아무도 관심을 가지지 않으니까 조용한 삶을 살 수 있었다. 하지만 이제 네가 지켜야 할 사람들이 위험한 이상 네가 그들을 직접 네 손으로 구해야 한다.

고개를 든 알로말의 표정에는 제가 어떻게 그럴 수 있겠습니까, 하는 의문이 가득했다.

─일단 제국 수도로 가라. 답은 이제 여기가 아니라 그곳에 있을 테니까. 가서 발버둥 쳐.

에이어리는 알로말의 가슴에 손가락을 튕겼다. 텅, 하고 맑은 금속 소리가 울렸다.

─넌 다른 사람보다 단단한 가슴을 지니고 있으니까.

이것은 이들의 언어로 담대한 마음을 지니고 있다고 해석되기도 했다. 에이어리는 알로말이 웃을 것을 기대했으나 그렇게 격한 반응이 나오지는 못했다. 먼저 걱정을 잔뜩 불어넣은 탓이었다.

알로말이 에이어리의 말을 심각하게 들었다는 점에는 의심의 여지가 없었다. 그는 돌아가는 길에 굳이 아베로에스의 앞에 서서 축복까지 받았다. 평소라면 어림도 없는 일이었다.

알로말이 마타를 타고 본래 왔던 길로 돌아가자 에이어리가 데스커드에게 물었다.

-저쪽이 제국 쪽이던가?

-아니요.

-내 말을 안 들은 건가?

-그게 아니겠지요.

-그럼?

-왕이시여, 어떻게 여기서 곧바로 제국 쪽으로 달립니까? 집에 가서 보고도 하고 준비도 한 다음에야 떠날 수 있지요. 왕께서는 항상 준비를 저에게 맡겨 두셨으니 아무것도 모르시는 겁니다.

에이어리는 데스커드의 푸념을 더 들어 주기 싫어서 반대편에 앉아 지그시 웃고 있는 아네시에게 말을 건넸다. 그녀 역시 여행에 익숙하지 않은 탓에 에이어리의 마차에 함께 타는 동행이 되었다.

-위대한 조언자 앞에서 제가 괜한 짓을 했군요. 조언자님께 알로말과 루 도인의 미래를 여쭈었으면 좋았을 텐데요.

-아니요, 아니요.

아네시는 손을 내저으며 활짝 웃었다.

-합당한 조언을 하셨습니다.

―신께 질문하셨나요?

―그가 저에게 직접 물은 것이 아니었기에 그럴 수 없었습니다. 그러나 알로말은 제국 수도로 가야 합니다. 그런 느낌이 들었어요. 참으로 합당한 조언을 하셨습니다.

―봤지?

―저는 그냥 귀찮은 알로말을 멀리 보내는 게 목적인 줄 알았는데요?

―아니다, 이 바보 같은 녀석아. 나는 정말로 루 도인의 미래를 걱정한 거야. 저들은.

―저들은요?

에이어리는 초대 대장장이 왕, 지금은 유령처럼 그의 머리 주변을 떠돌고 있는 사람에게서 들은 말을 잊을 수 없었다. 어느 날 그는 자기가 저지른 실수를 에이어리 앞에서 비통한 표정으로 고백했다. 루 도인을 만들고 또 버린 것은 바로 자신이라는 내용이었다.

―저들은 자초해서 고통받는 게 아니야. 그렇다면 누군가가 실마리를 풀어야 해.

이 순간 에이어리는 루 도인의 구원자가 될 생각이 없었다. 언젠가 자기가 지닌 대장장이 신의 힘으로 저들에게 새겨진 세타세의 흔적을 지워 줄 수 있지 않을까 막연하게 생각했지만 당장 착수할 생각은 없었다. 그런 장면을 머릿속에서 떠올릴 때면 자신은 이미 머리가 하얗게 센 노인이 되어 있었다. 루 도인의 처지가 불쌍하기는 했으나 에이어리에게는 젊음을 만끽하는 것이 우선이었다.

아무튼 알로말의 방문이 기다리는 동안 느꼈던 지루함을 날아가게 해 준 것은 고마운 일이었다. 에이어리가 루 도인의 운명에 대해서 혼자 생각하는 사이에 마차가 덜컹 무거운 몸을 한번 움직이더니 그대로 멈추지 않고 천천히 전진하기 시작했다. 드디어 마법사 왕국을 향해 출발하는 모양이었다.

일부러 일행에서 뒤처진 마법사 형제가 마차 창문 쪽에 얼굴을 들이밀며 물었다.

- 불편한 점은 없으십니까?
- 모든 것이 편안합니다.

아네시가 먼저 대답했다. 에이어리는 생각에 잠겨 있어서 한 박자 늦게 같은 대답을 했다.

- 무엇을 그리 고민하십니까?

에이어리는 초대 대장장이 왕의 실수와 루 도인이라고 대답할 수 없었다. 그 비밀은 대장장이 왕이 홀로 고독하게 간직해야 할 것이었다. 아무리 수다쟁이 왕이라도 사방에 소문낼 수 없는 성질의 지식이었다.

―앞으로의 여정에 대해서요.

라토와 아리셸리스의 얼굴이 굳어졌다. 대장장이 왕이 무심코 한 대답이었으나 그들에게는 많은 것을 알면서 숨기는 사람의 태도처럼 보였다.

―그가 알게 된 걸까?

―그렇다고 해도 달라질 것은 없어. 그는 우리의 요청을 받아들일 거다.

형제의 대화는 아리셸리스의 정신을 벗어나지 않았고 대장장이 왕은 들을 수 없었다.

―에이어리에게 미리 모든 것을 밝힐 수는 없을까?

―이미 여러 번 말하지 않았니? 대장장이 왕은 보기보다 성미가 까다롭다. 그가 마음을 굳히고 고집을 피우면 어떻게 할 생각이냐? 어쩔 수 없는 상황을 만들어 자발적으로 우리의 일을 돕게 해야 한다.

아리셸리스는 형을 설득할 방법을 끝내 찾지 못했다. 그가 자기 몸에 기생하는 처지인데도 휘둘리는 느낌이었다. 생각해 보면 살아 있을 적에도 라토는 동생의 의견을 받아들여 양보한 적이 없었다. 같은 쌍둥이였지만 그는 뼛속까지 왕이었고, 자신은 철저히 신하였다.

형제의 마음속에서 일어나는 다툼과 동요를 알아챈 것은

에이어리가 아니라 함께 앉아 있는 아녜시였다. 저들이 대장장이 왕을 두고 다른 마음을 품고 있구나.

아녜시는 이 사실을 에이어리에게 말하지 않았다. 신에게서 나온 뜻이 아니라 자기 판단에 따른 결정이었다. 어떤 것은 말하지 말고 그대로 두어야 해. 당시에는 미련해 보이겠지만 나중에는 전부 설명될 거야.

먼 훗날 아녜시는 이때 일어난 마음의 작용에 대해 사과했다. 에이어리는 웃으며 대답했다.

— 아무리 간곡하게 말씀하셔도 어차피 제가 듣지 않았을 겁니다. 짐승은 올가미에 발을 넣기 직전 가장 고집스럽게 군다는 말도 있지요.

제국 사람 사이에서 이런 이야기가 전한다.

- 제 생명을 빼고는 뭐든지 걸고 도와드리겠습니다.
- 그렇다면 집 짓는 것을 도와주시오.
- 아이고, 그건 어렵겠습니다.
- 어째서?
- 일하다가 지붕이 무너질 수도 있고,
땡볕에서 힘들게 일하면 신이 정한 수명보다
일찍 죽지 않겠습니까?
- 그렇다면 일하는 사람들을 위해 식사 준비라도 해 주시오.
- 아이고, 그건 어렵겠습니다.
- 어째서?
- 저는 어려서부터 불과 칼이 상극입니다.
둘을 가까이하는 일은 못 하겠습니다.
혹여 불에 타 죽거나 칼에 찔려 죽으면 어떡합니까?
- 그렇다면 일하는 사람들의 발이 꼬이지 않도록
안내라도 해 주시오.

─ 아이고, 그건 어렵겠습니다.

─ 어째서?

─ 일하지 않고 손가락으로 지시만 하면 저들의 반감을 사게 될 것입니다. 혹시 저 사람들이 나중에 반란이라도 일으키면 가장 가까이 있어서 먼저 죽이고 싶은 대상이 과연 누구겠습니까?

─ 그러면 무엇을 할 수 있소?

─ 죽음을 피하려면 여기 앉아서 구경할 수 있습니다. 집이 잘 지어지면 감탄하고, 균형이 맞지 않으면 탄식하고 지적할 수 있지요. 집을 짓는 일에는 그런 사람도 필요한 법입니다.

─ 왜, 앉아 있다가 하늘에서 떨어지는 새똥에 맞아 죽을 수도 있지. 그건 걱정이 되지 않소?

VIII

**신전에 남은 사제들이 투란을 불러
예상하지 못했던 일을 제안한다**

대장장이 왕에게는 처음부터 일곱 사제가 있었다. 그들의 이름은 초대 대장장이 왕으로부터 계승되어 전해져 왔다.

먼저 금속의 사제 탈와르가 있었다. 지금 탈와르는 사제장이라는 역할을 맡아 침략을 당한 신전 주변을 정리하는 일을 감독하는 중이었다. 거기에는 루 도인 부대가 불태우고 간 마을을 복구하고 일부가 사용된 대장장이 왕의 방어 무기를 다시 정비하는 일뿐 아니라 죽은 사제들의 장례를 치르는 것까지 포함되었다.

무기의 사제 가르젠은 제자나 다름없는 데스커드를 데리고 전쟁터로 떠나 소식이 없었다. 그에게는 방랑벽 비슷한 것이 있었고 전쟁터만큼 그가 활약할 수 있는 장소도 없었다.

기계의 사제 트라이버는 세심하고 복잡한 작업에 어울리지 않는 투박하고 커다란 손가락을 지닌 사람이었다. 그러나 그의 정교한 솜씨를 한 번이라도 보면 가느다랗고 긴 손가락 같은 겉치레가 무슨 의미가 있는지 의심이 들게 마련이었다. 아쉬운 것은 그에게 남은 손가락이 다섯 개라는 점이었다. 한쪽 팔은 대장장이 왕의 목숨을 구하기 위해 버렸고 에이어리는 그 은혜를 평생 잊지 않았다.

농기구와 장식의 사제 할스는 나서기 싫어하는 사람이었다. 그러나 필요한 곳에는 항상 있었고 언제나 웃음을 잃지 않았기에 사제들과 마을 사람들에게 말로 표현할 수 없는 힘이 되었다.

목공 전문가 호문은 한때 기틀란이라는 이름을 가진 제국의 귀족 자제였으나 이제는 옛날 이름을 버렸다. 그래도 호문의 콧날은 여전히 귀족적이었고 호문도 그것을 의식했는지 더 겸손한 자세로 다른 사제들을 대했다. 그가 왜 안락한 삶을 버리고 대장장이 신의 사제가 되기로 결심했는지 아는 사람은 본인과 전임 호문밖에 없었는데, 늙은 호문이 생을 마치면서 그 비밀은 영원히 알기 어려운 것이 되었다.

발명의 사제 오반도는 인간을 혐오했다. 더 정확하게 말하면 인간을 사랑했기에 그들의 추한 모습을 견디기 어려워했다. 그는 인간보다 믿을 만한 존재인 말을 돌보는 데 인생을 바쳤다.

그는 루 도인 병사가 자기가 돌보던 말을 죽이려고 했을 때 몸을 날려 대신 죽었다. 모두가 바보 같은 죽음이라고 했으나 그 바보 같음에는 성스러운 구석이 있어서 말하는 사람마다 눈물을 쏟아냈다. 저 멀리서 소식을 들은 에이어리도 눈물을 흘리며 이렇게 읊조렸을 정도였다.

–참으로 그다운 죽음이로군요. 그로서는 그보다 더 멋지게 세상을 떠날 수 없었을 겁니다.

세공 전문가 테커의 죽음은 그보다 비극적이었다. 그는 사제 중에서 가장 젊었다. 대장장이 신의 사제가 되면 신전 주변을 둘러싼 함정들에 대해 철저하게 교육받았다. 날카로운 이빨이 적과 아군을 가리지 않고 접근하는 자를 물어뜯는 까닭이었다.

물론 테커도 그 모든 지식을 알고 있었다. 그러나 쇄도하는 루 도인 군대 앞에서 젊은이는 지나치게 두려움을 품었다. 그가 밟은 곳은 밟지 말아야 할 곳이었다. 그대로 그의 몸이 하늘로 솟구쳐 멀리 날아가 버렸다.

나중에 그의 시신을 수습할 수는 있었다. 그 끔찍한 모습은 오반도와 다르게 섬뜩한 슬픔으로 다가왔다. 그가 젊은 나이에 테커의 이름을 이은 것은 그만한 재능을 가진 덕분이었다. 그러나 행동에 어설픈 구석이 있던 젊은이는 미숙함으로 인해 너무 큰 대가를 치르고 말았다.

테커까지 죽었다는 말을 들었을 때는 에이어리도 할 말을 찾지 못했다. 어쩌면 그것이 에이어리가 무를, 알로말을 살리는 일에 사력을 다하게 된 계기였을 수도 있었다. 죽음은 그만하면 충분하지 않은가. 에이어리는 그 순간 두 사제를 죽인 것도 루 도인이라는 사실을 다행히 잊고 있었다.

결국 신전에 남은 사제는 탈와르, 트라이버, 할스, 호문까지 넷이었다. 둘은 죽고 하나는 금방 돌아올 것 같지 않았다. 사제장은 어느 날 저녁 지친 몸으로 숙소로 돌아가는 사람들을 불러 세웠다.

-술을 한 잔 기울이며 할 이야기가 있소.

사제들은 기꺼워하지는 않았지만 적극적으로 거부하지도 않았다. 사제장은 이유 없이 동료를 모을 사람이 아니었다. 분명히 그럴 만한 이유가 있을 것이다.

모두의 얼굴에 술기운이 돌 때가 되어서야 탈와르는 용건을 꺼냈다. 곧바로 대답하는 사람은 없었다. 신중하게 생각해야 할 문제였다.

할스가 가장 먼저 찬성했다.

-좋아 보이는군.

-트라이버가 기다렸다는 듯이 그 뒤를 이었다.

-나도, 나도 찬성이오.

호문의 귀족적인 코는 주인의 심경을 반영하듯 흔들렸다.

―글쎄요, 저는 그것이 좋은 일인지 모르겠습니다. 적어도 왕이 돌아와 결정하실 때까지 기다리는 것이 어떻습니까?

―실종된 왕이 언제 돌아오실지 어떻게 알겠는가? 우리는 당장 일손이 필요하네. 어차피 임시로 주는 거야. 최종 결정은 왕이 돌아오셔서 하시겠지.

호문은 여전히 마음에 들어 하지 않았다. 투란과 사제 자리를 놓고 한때 경쟁하던 사이라서 그런 것일 수도 있었다. 그러나 그런 옹졸한 이유는 스스로 받아들이기 어려운 것이라 계속 다른 핑계를 찾았다.

―투란은 준비가 되어 있지 않습니다.

―그 아이는 재능이 있네. 올곧게 자기의 일에 집중할 수 있을 거야.

탈와르의 말을 트라이버가 거들었다.

―왕도 그렇게 하셨을 거야.

에이어리라면 탈와르의 제안을 거절하기는커녕 좋은 생각이라고 칭찬했을 것이다. 호문도 그 사실을 부정할 수는 없었다. 투란은 왕의 호위를 맡고 있는 데스커드와 가까운 사이였다. 순간적으로 왕에 대한 충성심이 약해지는 기분이 들었다.

―모두가 그것을 원하신다면 제가 어떻게 거부하겠습니까?

저는 사제 중에서도 가장 어리고 경험이 적은 자가 아닙니까?

─사제 사이에 그런 건 없소, 호문. 대신 우리는 너무 엄격한 규칙으로 서로를 옭아매지 않으려고 하는 거지.

─그렇다면 받아들이겠습니다. 투란은 제 제자입니다. 그 아이에게 말하는 것은 저에게 맡겨 주십시오.

이렇게 이날의 모임이 파했다. 편히 잠들지 못하고 뒤척인 사제는 호문뿐이었다. 그는 화가 난 이유가 투란이 평민이기 때문인지, 여자이기 때문인지, 제자이기 때문인지, 다른 이유를 제쳐 두고 경쟁의식을 느껴서인지 정할 수가 없어서 혼란스러웠다.

어둑한 하늘을 틈타 호문은 이슬을 가르며 빠르게 걸었다. 아직 달과 별의 기운이 남은 시간이었다. 하늘을 보면 신을 대하는 것처럼 마음이 겸허해지는 탓에 호문은 땅만 보며 걸었다. 몸은 금세 축축하게 젖었다.

투란이 사는 집은 데스커드의 거처였다. 데스커드는 투란을 데려온 후로 그 집을 투란에게 내어 주고 자기는 신전의 여러 방 중 하나를 차지했다. 덕분에 투란이 모든 제자 중 유일하게 신전 안에 머물 수 있게 된 것이었다. 호문은 기를란으로 불렸던 시절 매일 마을에서 출발해 늙은 호문을 만나러 걸어와야 했었다.

문을 가볍게 두드렸으나 역시 기척이 없었다. 만물이 잠든 새벽 시간이 아닌가. 호문은 더 세게 문을 두드렸다. 이제는 그 손길에 감정이 전혀 담겨 있지 않다고 말할 자신이 없었다.

-누구세요?

잠이 덜 깬 목소리였다.

-나다. 네 스승, 호문이다.

-어쩐 일이시죠?

-할 말이 있으니 문을 열어.

-그래서 이 시간에 오셨다고요?

-그래, 할 말이 있다. 급한 일이야.

-잠깐만 기다리세요.

문이 열릴 때까지 호문은 주변을 서성이며 애꿎은 풀들을 잔인하게 밟았다. 사람과 동물이 걷다 보면 풀을 밟는 것이야 부득이한 일이었지만 호문은 일부러 생명을 밟고 거기서 나오는 쾌락으로 초조함을 죽였으니 무죄하다고 볼 수 없었다.

불을 켜고 대충 옷을 걸쳐 입은 투란은 미처 신경 쓰지 못했는지 머리가 흐트러진 채로 모습을 드러냈다. 호문은 처음 보는 모습을 보고 잠시 망설이다가 다시 턱에 힘을 주었다.

-잠깐 들어가겠다.

호문이 문을 당기려는데 반대쪽 손잡이를 잡은 투란에게서 강한 저항감이 느껴졌다.

─ 여기서 말씀하실 수는 없나요?

─ 그럴 수는 없어. 남이 들어서는 안 된다.

호문 스스로 생각해도 멍청한 핑계였다. 대장장이 신의 신전에서 그런 일은 거의 일어나지 않았다. 그리고 설령 듣는다 해도 문제가 될 것이 없었다. 어차피 날이 밝으면 모두가 알게 될 일이었다.

투란이 냉랭해진 표정으로 문을 열어 주었다. 호문이 들어섰을 때 투란은 이미 다섯 걸음 떨어진 곳에 있었다. 호문이 천천히 문을 닫으려는데 중간에 턱 걸리는 느낌이 들었다. 문 뒤에서 손잡이를 잡고 있는 사람이 있었다.

─ 누구냐?

호문이 문을 활짝 열자 거기에는 탈와르가 있었다. 익숙해지면 잊게 되지만 탈와르의 얼굴은 비열한 악당처럼 보이는 구석이 있었다. 그가 어둠 속에서 미소를 짓자 호문은 두려운 사람처럼 두 걸음 뒤로 물러섰다. 덕분에 탈와르는 성큼성큼 집 안으로 들어설 수 있었다.

─ 여기는 예전에 마구간과 다를 바가 없었지. 오반도도 더러운 데스커드를 내쫓고 차라리 여기에 말을 들이자고 했으니까, 하하하. 그런데 이제는 사람이 사는 곳처럼 보이는군.

이 기회에 데스커드를 영원히 신전에서 지내게 해야겠어.

 탈와르의 말에 웃는 사람은 없었다. 탈와르는 고개를 들어 투란에게서 놀람과 안도감을, 호문에게서 역시 놀람과 함께 공포를 읽어 냈다.

 ─오반도가 내세에서 행복했으면 좋겠군. 거기에도 돌볼 말들이 있어서 말이야.

 탈와르가 고개를 숙이고 죽은 사람의 평안을 비는 동안에도 나머지 두 사람은 어찌할 바를 모르고 서 있었다. 탈와르는 먼저 호문을 보았는데 그 눈빛에서 책망 같은 것을 읽을 수 있었다.

 ─굳이 이 시간에 올 필요가 있소, 호문? 투란의 잠을 깨우면서까지 말이지.

 ─잠을 잘 수가 없어서 일찍 왔습니다, 사제장님.

 ─지나가다가 우연히 그대가 투란을 방문한 것을 보았소. 내가 이 시간에 신전을 돌아다니는 거야 딱히 새삼스러운 일도 아니지만.

 사실이었다. 사제장은 언제나 신전을 가로지르다가 다른 사람들에게 발견되는 특기가 있었다.

 ─괜찮다면 내가 입회하겠소.

 갑자기 말하는 방법을 잃어버린 것처럼 구는 호문을 내버려 두고 탈와르는 두 사람 사이를 가로질렀다. 그가 일단 의자에 앉고 나니 쫓을 방법은 없어 보였다. 호문이 마음을 가다듬는 동안 투란은 벽에 붙어서 두 사람을 번갈아 살폈다.

– 투란. 우리는 너를 임시 사제로 임명하기로 결정했다.

호문은 우리라는 단어를 강조해서 말했는데 자기가 끝까지 반대한 것을 희석하려는 의도가 다분했다. 투란의 눈이 개구리처럼 튀어나오는 순간 탈와르가 끼어들었다.

– 임시인 것은 왕께서 함께 계시지 않기 때문이다. 사제를 세워도 승인하는 것은 왕의 권한이지. 왕이 돌아오신다면 네가 사제가 되는 것을 거부하지 않으실 것이다.

– 그러시겠죠?

투란의 목소리는 기쁨으로 떨렸다.

호문은 자기가 할 말을 대신한 탈와르에게 날카로운 시선을 보냈다. 조금 전 잘못을 저지르다 들킨 소년 같은 마음은 이미 다 사라지고 없었다.

– 호문, 이왕 내가 왔으니 왜 투란을 사제로 뽑는지 설명해도 괜찮겠소?

– 그렇게 하시죠.

호문이 귀찮다는 듯이 손을 내젓는 모습은 제국의 귀족과 닮아 있었다. 탈와르도 투란도 그렇게 느꼈다. 그는 귀족의 길을 버리고 사제가 되기 위해 신전에 왔다지만 특유의 도도한 기운을 완전히 버리지 못하고 있었다. 제자인 시절에는 드러나지 않았지만 사제 중 하나가 된 다음에는 본래 모습을 숨기려고 하지 않았다.

─현재 남은 사제는 다섯이다. 죽은 두 사제는 제자를 키우는 일에 큰 관심이 없었다. 하나는 말을 돌보느라 바빴고 하나는 너무 젊었지. 그들이 갑작스럽게 변을 당할 줄 알았더라면 대비해 두었겠지만 그런 일은 우리의 능력 밖이다.

탈와르는 팔짱을 끼고 벽에 기댄 호문을 보며 말을 이었다.

─우리는 네가 호문이 되기 위한 시험에서 보여 준 능력을 기억한다. 그것은 우리 중 누구도 흉내 낼 수 없는 독특한 영역에 속해 있었다. 네가 사제가 된다면 그 능력이 마음껏 펼쳐지게 될 테니 너를 사제로 뽑는 것이 마땅하다고 느꼈다. 우리의 다른 제자들은 아직 그런 경지에 이르지 못했다.

─지금 일을 도울 사제가 더 필요해서 너를 임시 사제로 삼는 거다.

탈와르는 호문의 말을 못 들은 척했다.

─오반도는 생전에 너를 참 아꼈다. 이건 본래 비밀로 해 두어야 하지만 그때 우리의 심사가 길어진 이유 중 하나는 오반도가 끝까지 너를 지지했던 탓도 있다. 알다시피 만장일치가

되기 전에는 회의가 끝나지 않으니까.

─그랬나요?

투란은 매일 툴툴거리며 마구간으로 들어가던 오반도의 모습을 떠올리고는 흐르는 눈물을 닦았다.

─오반도는 발명의 사제이다. 그러나 사실 오반도는 그런 명칭을 마음에 들어 하지 않았다. 그의 말에 따르면 일곱 사제가 모두 새로운 것을 발명하는 임무를 맡았다는 것이다. 그리고 더 나아가면 세상 모든 사람에게 그런 임무가 주어져 있다고 했다.

─그 말씀이 옳아요.

─오반도는 말을 사랑했을 뿐이지 무능한 사제가 아니었다. 그러니까 네가 그를 이어받는 것은 자랑스러운 일이야. 오반도도 널 제자로 삼은 적은 없지만 분명 좋아했을 거다.

─제가 그런 자격을 갖췄는지 잘 모르겠어요.

─괜찮다. 남이 너에게 그 자격을 준다면 일단 맡은 다음에 그 이름이 부끄럽지 않게 노력하면 된다. 우리 사제들의 판단을 우습게 봐서는 안 되지.

탈와르도 역시 우리라는 말을 강조하면서 고개를 돌려 호문을 쳐다보았다. 호문은 시선을 다른 곳으로 돌렸다.

─잠깐만, 그러면 제 이름이 오반도가 되는 건가요?

―아니다. 너는 발명의 사제가 아니라 창조의 사제라고 불리게 될 것이다. 그러니 투란이라는 이름을 계속 써도 좋다. 탈와르, 가르젠, 호문, 테커, 오반도, 할스, 트라이버도 본래 처음 사제가 되었던 사람들의 이름이었으니까.

―그러나 오반도는 분명 서운할 겁니다. 그의 이름이 사제 중에서 사라지게 될 테니까요. 우리가 너무 급하게 결정하는 것이 아닌지 우려스럽습니다.

호문이 강하게 주장하자 투란은 마음에 작은 죄책감을 느꼈다. 그녀는 잠시 생각한 끝에 고개를 들고 말했다.

―괜찮으시다면 제가 사제로서 불릴 이름을 투란 오반도라고 해도 될까요? 저는 오반도 님의 이름을 성으로 이어받고 제 이름을 그대로 지키겠어요. 그러면 오반도 님은 잊히지 않아도 되니까요.

호문이, 기를란이 눈썹을 치켜올렸다. 성을 쓰는 것은 귀족에게만 허락된 명예였다. 그는 한때 기를란 아다메트였던 시절의 자존심으로 그 결정을 마음속 깊이 거부했다.

―오반도가 기뻐할 거다. 내일부터는 너를 함부로 부르지 못하겠구나. 임시라고는 해도 사제 중 하나가 될 테니까.

―사제장님은 계속 대하던 대로 대하셔도 괜찮아요.

투란은 호문에게는 같은 말을 하지 않았다.

최초의 오반도가 말했다.

- 내 자식도 아닌데 이름을 물려주어서

뭘 하겠다는 말인가? 그런 끔찍한 생각에는

동의하기 어렵네. 차라리 내 별명인

오반도를 전하든가 말든가 하세.

- 전부터 궁금했는데 오반도가 대체 뭔가?

- 내가 키웠던 새 이름이야.

사람보다는 역시 새가 믿음직스럽지.

IX

다섯 중 하나, 제국 수도가 침략당하기 직전
황제에 대한 암살 시도가 벌어진다

다음의 다섯 가지 사건은 같은 날 일어났다. 처음부터 그렇게 예정되어 있다고 보기는 어려웠으나 각자 시간을 맞추기로 약속이라도 한 것처럼 일정이 며칠씩 앞당겨지고 늦춰지며 조정되어 결국에는 아침부터 저녁에 걸치게 되었다. 전부 본질적으로 폭력적이었고 사람의 생명을 앗으려는 시도였고 삶의 방향을 틀어 버렸다.

첫 번째는 제국 수도에서 벌어진 팔라스 펠리스 황제에 대한 암살 시도였다. 이는 그라스 시비스가 보낸 기병대가 제국 수도로 진격해 오는 혼란 가운데서 벌어진 일이었다.

두 번째는 에젠 제국에서 벌어진 에젠 황제 오셀롯에 대한 암살 시도였다. 전장에서 벗어나 있는 에젠 땅에서 일어난 거의 유일한 사건이었다.

이 두 암살 시도는 까마귀들의 수장 작에 의해서 벌어졌다. 그가 어째서 이런 무모한 시도를 했는지에 관해서는 알려진 것이 거의 없고 그 입으로 직접 들을 수도 없었다.

세 번째는 한때 제1제국군과 제2제국군이라고 불리던 두 군대의 격돌이었다. 바실 장군이 이끄는 제1제국군에는 먼 땅 스타인에서 온 지원군이 붙어 있었는데, 학자 출신의 폴리니 대공이 그들을 이끌었다. 그가 이 전쟁에서 활약하는 바람에 훗날 제국 전체가 혼란에 빠지게 되어 있었다.

네 번째는 그라스 시비스가 보낸 기병대가 제국의 수도를 공격한 일이었다. 제국 군대의 태반은 동쪽 전장으로 나가 있어 정작 수도는 경비가 허술했다. 아크마트 대공은 적은 병력으로 제국과 주변을 통틀어 최고의 군대라고 부를 만한 자들을 상대하려고 애썼다.

다섯 번째는 한때 왕이었던 에메랄드 라토의 동생 아리셀리스가 반란군을 이끌고 마법사 왕국을 공격해 형의 자리를 탈환하려고 시도한 사건이었다. 여왕 다이아몬드 카분과 그 아들 울릭은 반란군에 맞서 싸웠다.

영혼을 수집하는 사신이 있다면 세상이 만들어진 이래 이렇게 바쁜 날은 없다고 투덜거리고도 남았다. 이날 사람들은 어머니를, 혹은 신을 부르며 바닥에 쓰러졌다. 배회하는 영혼을 담기 위해서는 제국 수도부터 시작해 제국과 에젠의 경계까지 달려간 다음 마법사 왕국을 거쳐야 했다. 이 모든 열심이 사람의 생명을 구하기 위한 것이 아니라 거두기 위한 것이라는 점이 시인과 역사 기록자를 슬프게 했다.

예를 들자면 한때 같은 제국군 소속이었던 두 군대가 격돌하는 것을 보고 전쟁 기록관 스탐노스 펠리스는 이렇게 탄식했다.

─섦은 피가 여기서 헛되게 뿌려져 태양의 열기에 증발하는구나. 내일부터는 저 붉은 덩어리를 볼 때마다 그 붉음의 근원을 의심하겠노라.

그러나 스탐노스는 슬픔에도 필기구를 내던지거나 부러뜨리지 않고 모든 것을 기록했다. 그것이 기록자의 의무이고 원하지 않아도 차마 버릴 수 없는 습성이었다.

제국 수도에 머물며 거미줄을 세상 전체에 펼쳐 놓은 까마귀들의 수장 작은 문득 자기가 섬겼고 또 지금 섬기고 있는 두 황제에게 강한 염증을 느꼈다. 그는 자기가 까마귀들을 풀어 주고 자유롭게 되는 것은 두 황제가, 두 원수가 죽은 다음이라는 사실을 깨달았다. 그러나 두 일 모두 성공할 것이라는 확신은 없었다. 황제들의 생명이 그 자존심만큼 질기다면 알아서 살아남을 일이었다.

작의 명령을 수행하는 자 중 폭력에 최적화된 것은 까마귀 발톱이라고 불리는 소대 셋이었다. 그중 두 번째 소대는 작을 배신하고 에젠 황제 오셀롯에게 붙은 참이었다. 남은 소대는 둘이었으나 모두 수도 방어를 위해 시내를 떠나 있었다. 그들을 부리는 것은 당장 꼴도 보기 싫은 아크마트의 몫이었다.

그래서 황제 암살의 중책은 발톱이 아닌 자들에게 맡겨졌다. 무력을 사용하는 일이 없거나 서툰 것은 아니지만 전문가라고 부르기에는 한두 가지가 부족한 자들이었다.

작은 이미 에젠 땅에도 암살자를 보낸 참이었다. 양쪽의 거사일은 같은 날로 맞추어 놓았다. 이달의 12일이었다.

까마귀 중에는 작의 선택을 의심하는 자들이 있었으나 그 일을 두 황제 측에 가서 고하지는 않았다. 그렇게 했다가는 본인뿐 아니라 가족도 비참한 꼴을 당하게 되어 있었다. 까마귀는 인간이 만들어 내는 집단의 어두운 면을 공식적으로 드러내는 상징과 같았다. 개인이 그 앞에서 반항하다가 겪는 결과는 말로 표현할 수 없을 정도로 고통스러웠다.

한편 대장장이 왕을 섬기겠다고 요청했다가 거절당한 알로말도 제국 수도로 출발했다. 대장장이 왕은 그가 수도에 가서 동족을 구할 방법을 찾아야 한다고 말했다. 알로말은 그 말을 신에게 들은 것처럼 굳게 믿고 마땅한 계획도 없이 무작정 제국 수도로 달려갔다.

그가 마타를 타고 있었기에 가끔 사람들의 관심을 끌었다. 참견하기 좋아하는 사람들이 묻는 일도 여러 번 있었다.

─ 그건 뭐요?

─ 마타입니다.

─ 마타라고? 처음 듣는데?

─ 루 도인 땅에서만 사는 동물입니다.

─ 루 도인?

그러면 마치 살아 있는 괴물을 보듯이 알로말의 얼굴을 바라보았다. 알로말은 다시 예전 이름인 무가 된 것처럼 당황했고 왠지 모를 부끄러움을 느꼈다. 그는 항상 두건을 벗어 자기의 맨얼굴을 보여 주었다.

그러면 상대는 알로말의 얼굴에 보석빛이 없는 것을 보고서 안심했으나 제국 사람답게 변방 사람을 무시하는 태도로 돌변했다. 그 정도는 큰 문제가 되지 않았다.

알로말은 새삼 루 도인에게 새겨진 낙인의 위력을 느꼈다. 누가 그런 짓을 했는지 알 수 없었으나 진정으로 천벌을 받아야 할 자라고 생각했다. 그리고 홀로 그 낙인에서 벗어난 자기가 어떻게 제국 수도에 가서 남은 동족을 구할 수 있을지 고민했다. 그러다가 나오는 결론은 항상 같았다.

─ 대장장이 왕께서 이유 없이 그런 말씀을 하셨을 리가 없지. 그분은 신의 대리인이니까. 그분의 말씀대로 하면 된다.

그러고 나서 가슴팍을 두드려 깡깡 소리를 내고 나면 기분이

상쾌해졌다. 그는 에이어리의 조언이 미래를 내다본 것이 아니라는 생각은 조금도 하지 않았다.

그러나 알로말이 곧바로 제국 수도에 들어가는 것은 불가능했다. 전쟁이 시작된 후로 수도의 성문을 통과하는 것은 특별히 허락받은 사람들이나 가능했다. 제국 병사도 다른 사람들과 똑같은 것을 물었다.

　-그건 뭔가?

　-마타입니다.

　-처음 보는 짐승인데, 괴물인가?

　-아니요, 루 도인에 사는 동물입니다.

　-루 도인?

병사뿐 아니라 통과를 기다리고 있는 사람들까지 합세해서 알로말을 쳐다보았다. 순간적으로 그들에게 달린 신체 기관이라고는 눈밖에 없다는 착각이 들었다. 사방의 눈이 그를 포위해서 견딜 수 없는 수치심이 들게 했다.

　-꺼져. 루 도인 사람이 들어올 자리는 없다.

오히려 병사가 그렇게 말해 준 덕분에 시선의 속박에서 풀려날 수 있었다.

　-들어가는 방법이야 많지.

알로말은 멋쩍은 심정을 혼잣말로 달랬다. 진작 알아야 했다.

오셀롯을 만나러 갔을 때 에젠 대공비가 보여 주었던 태도, 제국을 가로지르며 만난 사람들의 반응에서 이미 충분히 경험하지 않았던가. 제국 사람들에게 루 도인이라는 말은 이방인을 뜻하는 것을 넘어 아예 다른 차원에 존재해야 하는 금기를 의미했다.

그러나 이런 일들은 알로말의 제국 수도 입성을 겨우 반나절 늦췄을 뿐이었다. 알로말은 제국 주변의 피난민 마을을 찾아가 믿을 만한 사람을 찾아 마타를 맡기고 저녁을 먹었다. 피난민들의 마을에는 떠돌이를 위해 음식을 파는 식당 골목이 아예 따로 있을 정도였다.

그리고 어둑해지자 잠잘 곳을 찾는 수고 대신 성벽을 가만히 살펴보았다. 어느 쪽도 그리 높지 않았다. 성벽을 쌓은 목적은 전쟁에서의 방어보다는 가림막에 가까워 보였다.

게다가 밤이 오자 경비병들이 횃불을 들고 감시를 도는 덕분에 어렵지 않게 그들의 위치를 파악할 수 있었다. 중간중간 화톳불을 밝혀 놓았다고는 해도 어둠을 모두 내쫓은 것은 아니라 여러 군데 빛이 닿지 않는 경계가 생겨났다. 알로말에게는 널찍이 뚫린 길이나 다름없었다.

알로말이 맨손으로 성벽을 기어오른 다음 그 검은 통로를 잽싸게 지나갔을 때, 그 앞에는 눈이 멀쩡한 경비병이 서 있었지만 침입자가 지나치는 모습을 보지 못했다. 경비병은 그저 어둠이

선사하는 작은 환각 정도로 생각했다. 그가 눈을 한 번 깜박이는 사이에 알로말은 구석에 몸을 숨겼다.

　그것으로 끝이었다. 알로말은 제국 수도로 몸을 들이밀었다. 루 도인의 밤과는 다른 공간이었다. 루 도인에서는 모든 인간이 밤이 되면 불을 끄고 겸허하게 하늘이 제공하는 조명을 받아들였다.

　그러나 저 멀리 보이는 제국의 시장에서는 한낮의 태양을 바닥으로 끌어 내린 것처럼 환한 불빛이 사방으로 퍼져 나왔다. 왁자한 기운과 요란한 떨림이 비단처럼 고요한 밤을 구기고 흔들었다. 알로말은 멀리서 그 기운을 느끼는 것만으로 어지러웠다.

　이것이 제국이구나. 내가 한때 섬기던 오셀롯이 다스리던 곳이구나. 새삼 오셀롯이 대단한 존재로 생각되었다. 알로말은 어둠 속에서 아무도 그를 쳐다보고 있지 않은데 혼자 벌거벗은 사람처럼 부끄러워졌다.

　그러나 대장장이 왕의 조언이, 명령이 어둠 속에서 제국을 엿보며 그 위대함을 찬양하라는 뜻은 아니었다. 알로말은 그 속으로 뛰어들 준비가 되어 있었다. 이제는 누가 새겨 놓았는지도 모르는 낙인이 사라졌으니 저 안으로 들어가고 나면 누구도 그가 루 도인이라는 것을 알아차릴 수 없었다.

　- 우리 루 도인 모두가 나와 같이 되어서 저 사람들 속에 섞여

들어갈 수 있으면 좋으련만.

그렇게 말하고 나니 힘이 솟았다. 떠나기 전 사제를 만났을 때 들은 말도 떠올랐다.

─알로말, 이제 우리의 미래는 새로운 이름을 받은 그대에게 달려 있다. 그대가 우리를 새로운 길로 이끌 것이다. 사제의 역할은 그 길을 안내하는 것으로 끝난다. 내가, 내 후임자가 그 길에 앞장서는 것이 아니다.

알로말은 그 방법을 전혀 모르는 주제에 조금도 두려워하지 않고 빛으로 성큼성큼 접근했다. 처음에는 눈이 부셨지만 금세 적응되었다. 빛 알갱이가 섞인 공기를 들이마셨더니 긴장이 가라앉았다.

─이 딱딱한 가슴은 뭐죠? 갑옷이라도 입은 거예요?

어느새 곁으로 다가온 젊은 여자가 가느다란 손가락을 은근슬쩍 알로말의 가슴에 대고 말했다. 제국의 밤은 가만히 혼자서 생각에 잠길 시간을 주지 않는 듯했다.

─아니, 급한 용무가 있어서.

알로말은 그녀를 뿌리치고 앞으로 나아갔다. 그는 나이가 아직 어렸지만 훤칠하고 몸이 단단해 주위 사람의 관심을 끌었다. 그들은 알로말을 그들 중 하나처럼 우러러보았다.

마침 그 시장에는 까마귀들의 수장 작도 나와 있었다. 두건을 깊게 눌러 쓴 것은 자기를 알아보는 사람이 없게 하려는 의도였다. 그는 보통 밤에 외출하지 않는 편이었지만 오늘은 중요한 날이었다. 그는 황제 팔라스 펠리스의 목에서 뿜어질 피를 구경할 예정이었다.

황제가 시름을 달래고자 시장을 구경하는 것은 예전에 없던 취미가 아니었다. 그의 외출은 당일에 정해지는 극비 사항이었지만 상대가 까마귀들의 수장이라면 처음부터 비밀이 아닌 것이나 마찬가지였다.

황제는 너무 많은 수행원으로 눈에 띄고 싶어 하지 않았다. 그의 곁을 지키는 사람은 두셋 정도였고 더 멀찍이서 따라오는 사람이 대여섯이었다. 그에 반해 작이 준비한 인원은 서른 명이었다. 까마귀 발톱 한 소대에 해당하는 숫자였다.

물론 그들은 까마귀 발톱이 아니었기에 실력이 그에 미치지 못했다. 그러나 까마귀 발톱 후보생으로 보아도 무방한 자들만 골라서 뽑았으니 같은 숫자의 제국 정예병을 압살할 만한 전력이었다. 이들은 시장의 혼란을 틈타 황제를 찌르고 다시 그 혼란을 틈타 군중 속으로 사라질 예정이었다.

작은 예정된 장소 근방에서 평범한 노인을 연기하다가 지나가는 알로말을 보았다. 젊은이의 기운에는 예사롭지 않은 부분이 있었다. 그가 자기와 같은 루 도인인 줄 알았더라면 곧바로

답이 나왔겠지만 작은 그의 모습에서 루 도인의 특징을 찾을 수 없었다. 피부색을 숨기는 것은 작에게만 허용된 특권이었다.

젊은이는 대범한 척 시장을 가로질렀지만 아무래도 시골뜨기 냄새가 났다. 이 시장에 처음 온 것이 분명했다. 아무리 당당한 척해도 눈이 살며시 좌우로 돌아가는 모습을 보면 곧바로 알 수 있었다.

그때 멀리서 웅장한 종소리가 들렸다. 자정을 알리는 신호였다. 이제 새로운 날이 밝았다. 12일이었다.

종소리는 황제를 습격하는 신호이기도 했다. 습격자들의 대장이 평범한 노인으로 위장하고 있는 작을 보았다. 그의 손이 움직이는 것을 보고 최종 결정이 내려질 것이다.

작의 눈에 거슬리는 것은 이상하게 관심이 가는 젊은이 하나뿐이었다. 그는 전사처럼 풍채가 좋았다. 그러나 그가 뭘 어찌하겠는가? 상황은 순식간에 끝날 것이고 습격자들은 어차피 모두 소모품이었다.

작의 손가락이 움직였다. 공격하라는 신호였다.

서른 개나 되는 의지가 무질서한 듯 집요하게 중심을 향해 파고들었다. 거기에는 시름을 달래고 있는 사람이 있었다. 펠리스 가문의 지배자, 제국의 황제 팔라스 펠리스였다.

혼란스러운 시장 한복판에서 동시에 벌어진 지렁이 같은 꿈틀거림은 다소 이상하게 느껴졌지만 경계할 것은 아니었다. 황제의 호위조차 심상한 태도로 주위를 둘러볼 뿐이었다.

시장 전체에서 알로말 한 사람만이 서른 명의 살기가 하나의 의지로 뭉쳐지는 것을 느꼈다. 그는 처음에 자기가 대상이라고 생각하고 긴장했다가 금방 그렇지 않음을 알았다. 기운은 한참 떨어진 저쪽으로 모이고 있었다. 대체 거기에 뭐가 있다는 말인가?

루 도인의 장군이자 에젠 황제의 대장군 출신인 젊은이는 고개를 들어 고상해 보이는 옷차림을 한 노인을 보았다. 넉넉한 육체에 날카로운 정신을 갖춘 사람의 눈을 확인하고 알로말은 심연에 빠지는 것 같은 충격을 받았다. 그 그윽하고 깊은 눈, 그러나 결코 온화하거나 인자했던 적은 없고 언제나 먹이를 노리는 맹수처럼 남의 약점을 찾으며 비웃는 그 눈을 처음 봤다고 말할 수 없었다. 알로말은 그 눈을 처음 보는 순간부터 지금까지 잊지 않았다.

그런 눈이 세상에 또 있을 줄은 몰랐다. 그렇다면 그도 펠리스가 분명했다. 사람의 뇌에 각인되는 그 눈은 세상 전체에서 펠리스만 지니고 있었다.

—펠리스.

알로말의 가슴이 금속에 열을 빼앗긴 것처럼 차가워졌다.

– 황제.

알로말이 확신하고 고개를 돌린 순간 공격이 시작되었다. 작의 전략은 단순했다. 경호원 한 명에 두세 명의 까마귀가 붙는다. 그러면 그들은 황제를 보호할 여유를 잃고 방어에 급급하게 된다.

가장 뛰어난 요원들이 그사이 황제의 목에 붙은 혈관을 자른다. 설령 대장장이 왕이 나타난다고 하더라도 한번 잘린 그 혈관을 다시 붙일 수는 없다. 그것으로 끝이다.

모든 일은 작이 생각한 대로 흘러갔다. 그가 암살을 지휘한 일은 셀 수 없을 만큼 많았다. 제국의 모든 귀족이 작을 두려워하는 이유는 그가 지닌 위엄보다는 등 뒤에 숨기고 있는 칼에서 나왔다. 멀리 스타인으로 도망쳐 평생을 두려움에 떨며 살 생각이 아닌 다음에야 작을 피할 길이 없었다.

경호원들은 갑자기 달려드는 까마귀를 당하지 못하고 쓰러지거나 맞서느라 바빴다. 알로말이 황제라고 생각하는 사람은 거의 무방비였다.

그러나 황제는 자기가 황제인 이유를 죽는 순간까지 증명해야 하는 의무라도 지고 있는 사람처럼 의연하게 서서 반쯤 눈을 감고 최후의 순간을 기다렸다. 그 모습은 알로말에게 작은 감동을 주었다. 그는 무엇이나 순간적으로 훌륭하다고 느껴지는 일에 쉽게 감동하는 나이였다.

알로말은 동시에 자기 발이 저절로 움직이는 것을 알고 놀랐다. 멀리서 구경하던 작도 충격을 받았다. 그는 황제를 향해 달려드는 젊은이가 몸을 비틀며 상대의 등을 차는 특유의 자세를 보고 욕을 내뱉었다.

―루 도인.

그 움직임은 다르게 설명할 길이 없었다. 그도 한때 루 도인 젊은이로서 같은 기술을 연마한 적이 있었다.

젊은이는 바닥에 쓰러진 경호원의 칼을 들고 무게를 가늠해 본 다음 황제의 주위를 돌며 칼춤을 추었다. 그의 칼이 움직이는 모습은 잔상처럼 보였다. 까마귀 발톱이라면 모를까 평소에 정보 수집이나 하던 자들이 감당할 수준이 아니었다.

황제는 감았던 눈을 살짝 뜨고 자기에게 온 뜻밖의 구원자를 본 다음에도 움직이지 않고 기둥처럼 서 있었다. 꿋꿋한 태도는 알로말에게 더할 나위 없는 도움이었다. 만약 그가 긴장을 풀고 섣불리 움직였다면 제아무리 루 도인의 장군이라고 해도 그를 온전히 지키기는 어려웠다.

계획대로라면 지금쯤 황제의 목을 찌르고 모두 도망쳐야 할 시점이었다. 아무리 밤이라고 해도 시장 한가운데서 지나치게 시간을 끌 수는 없었다. 황제의 정체를 파악하지 못했더라도 습격을 당하고 있다는 것을 알고 몇몇 시민들이 무기를 들고 가세해 노인을 지켰다. 까마귀들은 당황해서 연신 작이 서 있는 곳을 쳐다보았다.

작은 시장에서 황제를 죽이려는 시도는 역시 하지 말아야 했다고 생각했다. 시장은 황제라는 이름이 붙은 자들에게 축복받은 장소였다. 에젠 황제 오셀롯도 과거에 시장에서 암살 위협으로부터 목숨을 구한 일이 있었다. 지금도 그는 시장 골목에서 자기를 구한 루 도인 경호원 수를 항상 곁에 두었다.

- 하나는 실패야.

작이 손짓하고 먼저 모습을 감추자 까마귀들도 하나둘씩 물러났다. 경호원들은 차마 그들을 추격하지 못하고 황제의 곁으로 다가왔다.

- 그대가 내 목숨을 구했어.

그렇게 말하는 팔라스 펠리스의 목소리는 조금 전의 침착함을 지울 만큼 상기되어 있었다. 알로말의 머리에 손을 얹고 싶었으나 흥분으로 손가락이 떨리는 것을 들키기 싫었다.

- 황제시여, 제가 마땅히 해야 할 일입니다.

- 그대는 나를 어떻게 아는가?

그 순간 알로말은 바닥에 엎드려 황제의 발에 입을 맞췄다.

- 저를 살려 주십시오.

옛날에 두 왕을 섬기는 신하가 살았다네.

하나는 옛 왕이었고 하나는 새 왕이었는데

둘 다 죽지 않고 살아 있었지. 두 왕은 신하에게

자기 편이 되어 상대를 공격하라고 강요했는데

어느 날 신하는 너무 지쳐 버렸지.

그래서 왠지 둘 다 죽이고 싶어졌어.

두 왕이 모두 죽는다면 신하는 자유롭다네.

어차피 둘 다 죽었으니 복수할 사람도 없겠지.

둘 중 하나만 죽는다면 죽지 않은 왕에게 찾아가서

붙으면 되지. 상대를 죽인 것이 누구인지

떳떳하게 밝히면 되니까.

둘 다 죽지 않는다면? 그건 행운이 불운으로

돌아서는 시점이라는 뜻이니까 멀리멀리 도망쳐야지.

루 도인이나 스타인이나 메루산으로 도망치는 거야.

도망자의 삶은 멋지거든.

-참 좋은 노래야.

책을 덮으며 작이 중얼거렸다.

X

다섯 중 둘, 에젠 황제의 생명을 손에 두고
수가 칼날을 만지작거린다

저 멀리 제국 수도에서 12일이 시작되자마자 벌어진 소란은 에젠 성까지 전해지지 않았다. 에젠 성은 평화로웠다. 전쟁 중이라고는 해도 이곳까지 그 불티가 날아온 일이 없었다.

에젠의 새벽은 상상하는 것 이상으로 추웠다. 공기를 떠다니는 서늘함은 이불을 아무리 겹겹이 두르고 불을 때도 굴하지 않고 사람의 피부에 달라붙는 습성이 있었다. 자다가 종아리가 차가워 깨는 것은 에젠 사람에게는 일상이었다.

루 도인 수도 다리가 차가워 새벽에 눈을 떴다. 몸에서 땀이 날 정도로 방이 따뜻한데 정강이만 유령이 와서 만진 것처럼 서늘한 것은 그녀의 상식으로도 이해가 되지 않는 일이었다. 수는 눈을 뜨자마자 오랜 습관을 이기지 못해 화들짝 놀라며 창문을 확인했다. 아직 아침이 시작되려는 기운이 없이 캄캄해서 다시 안심하고 누울 수 있었다.

그녀의 작은방에는 문이 두 개 달려 있었다. 큰 문은 복도로 이어졌다. 작은 문은 큰방으로 연결되는데 거기에는 에젠 황제가 잠들어 있었다. 오셀롯은 수에게 자기 신변을 가장 가까이서 지키는 역할을 줄 만큼 그녀를 신뢰했다.

오셀롯 주변의 신하들이 그녀를 탐탁하게 여기지 않은 이유는 단순했다.

- 루 도인은 믿을 수 없는 자들입니다. 게다가 전쟁에서도 별다른 활약을 못 하지 않았습니까? 어쩌면 처음부터 다른 마음을 품었을 것입니다. 황제의 생명은 보다 신뢰할 만한 사람에게 맡겨 두십시오.

- 그게 누구지? 그대인가?

- 저는 그럴 능력이 없습니다.

- 그러면 추천할 만한 사람은 있나?

그렇게 물을 때 오셀롯의 눈과 혀를 보면 쥐를 바라보는 뱀 같았다. 그의 혀는 먹이를 현혹하려는 것처럼 살랑살랑 움직였다.

- 없습니다.

- 혹시 생긴다면 데려오게. 아, 그자가 내 경호원이 되려면 수와 대결해서 이겨야 할 거야. 내가 수에게 미리 일러두었지. 그 자리를 놓고 도전하는 자를 상대할 때는 황제를 암살하려는 자처럼 여기고 무조건 죽이라고 했어.

수의 실력은 정평이 나 있었기에 누구도 도전할 생각을 하지 않았다. 그녀와 맞설 사람은 같은 루 도인 출신의 대장군 무가 유일하다고들 했다. 그러나 그가 어린아이처럼 어서 전쟁을 시작하자고 조르다가 젤레즈니에서 실종되는 바람에 대결은 성사될 가능성이 없었다.

새벽에 깨는 것이 벌써 일주일째였다. 수는 그 이유를 일주일 전의 만남으로 돌렸다. 그날 황제 호위를 마치고 돌아와 보니 베개 위에 나뭇잎 한 장이 떨어져 있었다.

파릇하고 뻣뻣하고 잎맥이 뚜렷한 모습이 생기 넘치기는커녕 공포를 안겨 주었다. 이 시기에, 아니, 계절을 통틀어 에젠에서 자라는 식물이 아니었다. 수는 침대에 눕지 않고 가만히 앉아 있다가 황제가 잠들고 달이 떠오를 무렵 창밖으로 보이는 정원으로 나갔다. 잠이 오지 않아 산책하는 사람처럼 자연스러웠다.

―수.

그녀를 부른 사람은 어둠 속에서 나타났다. 그러나 수는 이미 그가 거기에 있다는 것을 알고 있어서 조금도 당황하지 않았다. 그는 루 도인이 타고난 예민한 감각과 까마귀들의 수장이 시킨 훈련을 너무 얕게 평가했다. 아직 완전히 녹지 않아 바스락거리는 흙 위에서 발을 동동 구르는 것을 들으며 수는 웃음을 참았었다.

─까마귀들의 수장께서 네게 전할 말이 있으시다.

수는 대답 대신 전령의 발을 보았다. 저렇게 두꺼운 가죽 신발을 신고서도 춥다고 위치를 들키는 어설픈 자가 있다니 까마귀라는 것도 완벽한 조직은 아닌 듯싶었다.

그러다가 시선을 위로 움직여 얼굴을 확인했을 때는 수도 작게 소리를 내뱉을 수밖에 없었다.

─아.

그를 한두 번 본 일이 있었다. 그는 에젠성 안의 식사를 책임지는 수석 요리사였다.

─너는 내 얼굴을 기억하지 못하는 거다.

에젠 황제 아래서라면 수의 지위가 훨씬 높았으나 까마귀 안에서는 달랐다. 그녀는 망설이다가 공손하게 대답했다.

─알겠습니다.

─용건은.

수가 손을 휘둘러 그의 입을 막았다.

─그분께서 전에 말씀하셨어요. 저에게 내릴 명령은 단 두 가지뿐이라고. 지금 돌아오라고 하시지는 않을 테니 다른 하나를 원하시는 거겠죠.

수는 그 말을 직접 듣고 싶지 않았다.

―그래, 알았으면 됐어.

요리사는 감기라도 걸렸는지 콧물을 훌쩍였다. 수는 그가 요리하기 전에 손을 깨끗이 씻는지 묻고 싶었지만 대신 다른 것을 물었다.

―어째서 직접 하지 않으시죠?

―응?

―당신에게 더 쉬운 일일 텐데요?

―응? 아, 그렇지도 않아. 너는 모르겠지만 황제가 먹고 마시는 모든 것을 검사하는 자가 따로 있어.

수는 놀랐다는 표정을 숨기지 않았다.

―거봐, 몰랐지? 내가 음식에 독을 타 봐야 그 무죄한 자의 목숨만 거둘 뿐이라고. 황제는 또 새로운 자를 뽑겠지. 그리고 나는 머리와 몸통이 분리되고 말이야.

요리사는 수를 빤히 보더니 말했다.

―나도 놀랐어. 설마 네가 나와 같은 소속이라니. 에젠 황제에 대한 충성심이 대단해 보였는데 말이야. 그 모든 것이 연기였다는 말이야?

그렇지 않았다. 수는 진심으로 오셀롯을 지키고 싶었다. 그가 야망으로 가득한 사람이라고는 해도 수가 보기에는 비열한 악당들과는 다르게 고귀한 구석이 있었다. 어쩌면 그것을 황제다움이라고 불러도 좋았다.

―12일이야.

수는 대답하지 않았다. 그녀의 멀뚱한 표정을 보고 요리사가 괜히 강조했다.

―반드시 12일이어야 해. 아주 강력한 명령이야. 저쪽에서도 그날 일어날 거야. 둘 다 없애려고 하다니 우리 주인의 생각은 알다가도 모르겠어.

수는 짐작할 수 있었다. 작이야말로 악의 화신 같은 사람이 아닌가. 그는 이유를 댈 필요 없이 죽이고 혼란을 일으키는 일 자체를 즐겼다.

수를 오셀롯에게 보내고 경호를 맡긴 것만 해도 그랬다. 수는 제국 수도의 시장에서 벌어진 암살 시도와 작이 무관하지 않다고 생각했다. 그때 습격한 자들은 사실 까마귀 암살자였거나, 아니면 작이 흘린 정보를 얻고 찾아온 정적일 것이다.

거기서 수는 습격자들을 물리쳐 오셀롯의 신임을 얻었다. 눈이 날카로운 오셀롯 앞에서 가짜 습격 따위는 금세 들통날 일이었다. 적들은 진심으로 오셀롯을 죽이려 했고 그래서 수도 그들을 죽였다.

그때까지만 해도 수는 자기의 임무가 이렇게 길게 연장되리라고 생각하지 않았다. 작과 오셀롯은 본래 돈독한 사이가 아니던가. 오셀롯의 곁에 암살자를 붙여 두는 것은 어디까지나 작의 치밀함을 증명할 뿐 실제로 명령을 내리기 위해서는 아니라고 믿었다. 그러나 당장 그 일이 일어나 버렸다.

수가 만약 거부한다면 작은 온갖 방법으로 그녀를 죽이려 들 것이다. 황제를 죽이는 것보다 우선적으로 그녀를 노릴 것이다.

명령을 전달받고 일주일이 지난 지금이 바로 12일 새벽이었다. 일을 처리하려면 가장 간편한 시간이었다.

그녀의 베개 밑에는 항상 단검 한 자루가 있었다. 그녀의 방과 황제의 방 사이에 있는 문은 잠가 두는 법이 없었다. 만약 적들이 창문으로 침입한다면 즉시 뛰어들어야 하기 때문이었다. 암살자들도 바보가 아닌 이상 수의 방을 통과하지는 않을 것이다.

문을 열 때 미세하게 소리가 날지도 모른다. 그러나 오셀롯이 잠결에 겨우 들을 정도로 미세할 것이다. 그가 설령 듣는다고 해도 의아함을 느끼며 실눈을 뜨는 순간 수의 단검이 이미 그의 목을 찌르고 나온 다음일 것이다. 그렇게나 쉽고 단순한 일이었다.

그러나 수는 내키지 않았다. 그녀는 오셀롯을 지키는 일에 만족했다. 작도 분명히 알고 있을 것이다. 그는 멀리서도 모든 것을 알았다.

 누워도 잠이 올 리 없었다. 어둠에 싸인 천장을 보고 다른 생각을 해 보려 해도 뒤통수에 닿는 단검이 거슬렸다. 실제가 아니라 상상이었다. 푹신한 베개는 단검을 감싸 자기 역할을 다하고 있었다.

 그녀의 삶이란 결국 까마귀로서의 임무와 에젠 황제의 경호원 역할이 전부라 다른 주제를 떠올릴 수 없었다. 대상을 정하지 못한 화를 삼키며 베개 밑으로 손을 넣어 단검을 꺼낸 다음 슬며시 일어났다. 사방은 캄캄했지만 수는 환한 대낮에 보는 것처럼 어떤 물건이 어디에 자리 잡았는지 전부 알았다.

 문을 밀 때 나는 미세한 소음은 에젠 황제의 예민한 감각을 건드릴 정도는 아니었다. 황제의 방에 들어온 일이 몇 번 없었지만 수는 구조를 대강 알았다. 희미한 달빛이 만들어 내는 사물의 윤곽만 가지고도 고양이처럼 사뿐히 움직일 수 있었다.

 어둠 속에서 보면 오셀롯은 바싹 마른 시체처럼 보였다. 자면서 미동도 하지 않는 것 때문에 더 그렇게 보였다. 그러나 가까이서 관찰하면 가슴이 가볍게 들썩이고 콧구멍이 움직이는 것을 알 수 있었다.

 그의 목에 칼을 꽂는다면 고통을 느낄 틈도 없이 절명할 것이다. 아직 아침이 오기 전이니 이대로 모습을 감추고 제국 수도로 달린다면 추격자들은 끝내 그녀를 잡지 못할 것이다. 제국 수도로 돌아가면 작은 그녀를 최고의 부하로 대우할 것이다. 어쩌면 까마귀 발톱의 소대장 자리 하나 정도는 줄지도 모른다.

이런 상황이 올 것을 오셀롯은, 지금 침대에 누워 처분을 기다리는 사람은 몰랐을까? 그럴 리가 없었다. 그도 수에게 자기 목숨을 맡긴다는 것을 알았지만 그렇게 했다. 알 수 없는 이유로 그녀를 믿는 까닭이었다.

수는 후회했다. 마음을 확실히 정하고 이 방에 들어와야 했다. 갈피를 못 잡고 황제의 침대 앞을 서성거리며 결론을 내리려고 하는 것은 어리석은 일이었다. 이런 모습을 누가 본다면 당장에 소리를 지를 것이다.

- 반역이오.

실제로 누가 외치는 소리가 들리는 것 같았다. 상상은 밤의 날개를 얻으면 더 활개 치는 버릇이 있었다.

어떻게 하는 게 지혜로운 일일까? 거기에는 정답이 없다. 지혜로운 결정을 내리려면 결말을 미리 알아야 한다. 결말을 모르는 이상 인간이 내리는 결론에 진정한 지혜라는 것은 있을 수 없고 그저 어설픈 추측이 동반할 뿐이다.

수는 자기의 칼에 제국의 운명이 달렸다는 사실을 깨닫고 다시 망설였다. 여기서 오셀롯이 죽는다면 제국과 맞서는 반란군은 구심점을 잃고 완전히 와해가 될 것이다. 그의 뒤를 이을 사람으로 군대를 움직이는 일을 제외하면 보통 사람만도 못하다는 그라스 시비스나 그런 재주조차 없는 디노펠리스는 적당하지 않았다.

사람들이 경멸하는 루 도인 중 하나인 그녀가, 부모를 알지 못한 채 제국에서 태어나 어려서부터 하층민의 삶을 살며 누구에게도 존경받은 적이 없던 그녀가 이렇게 중요한 일로 역사책에 이름을 남겨도 괜찮을까? 남은 사람들은 수의 이름을 떠들 것이다. 역시 루 도인은 믿을 만한 존재가 아니라고 그들을 더 탄압해야 마땅하다고 힘주어 말할 것이다.

수는 얼마나 긴 시간 고민했는지 흐름을 쫓는 일에 실패했다. 어쩌면 아주 짧은 시간일 수도 있고 한두 시간일 수도 있었다. 아직 바깥이 어두웠지만 곧 밝아질 것이고 그때까지는 결정을 내려야 했다. 남들이 보는 앞에서 황제를 죽일 생각이 아니라면 기회는 지금뿐이었다.

-이봐, 너무 오래 고민하지 말게. 그렇게 빤히 보면 잠을 자기 어려우니까 얼른 결정해.

이번에는 상상이 아니었다. 오셀롯의 눈은 감겨 있었지만 입술은 실제로 움직였다. 수는 놀라서 뒤로 물러서다 단검을 떨어뜨렸다. 그녀답지 않은 초보적인 실수였다.

제국에 있는 황제의 처소에서라면 바닥에 깔린 융단이 소리를 막았겠지만 오셀롯이 지금 자고 있는 침실은 돌바닥이 그대로 드러나 있었다. 금속은 날카로운 소리를 내며 불꽃을 튀겼다. 수는 그 작은 불빛에 눈이 머는 느낌이었다. 아무것도 생각할 수 없고 몸을 움직일 수도 없었다.

─황제시여. 괜찮으십니까?

벽과 맞닿는 복도에는 따로 경비가 있었다. 그들은 황제가 자는 동안 들리는 소리에 민감하게 굴었다.

─괜찮네.

그 말은 아무 의미가 없었다. 그저 황제가 아직 살아 있다는 것만 증명했다. 그들이 급히 달리는 발소리가 복도를 울렸고 이어서 수의 방문이 열리는 소리도 났다. 그들은 곧 이 방으로 들이닥칠 것이다.

─어서 숨어.

황제가 손짓하자 수는 불경스럽게도 황제의 넓은 침대를 타 넘어 반대편 아래에 몸을 웅크렸다. 그러고 나서야 실수가 생각났다. 바닥에 떨어진 단검은 아직 그대로 있었다.

다시 돌아갈 틈도 없이 문이 벌컥 열렸다. 등불을 든 자들이 방에 들이닥쳤다. 오셀롯은 눈을 가늘게 뜨며 호통을 쳤다.

―내 눈을 멀게 할 생각이냐? 당장 불을 치워라.

그들은 황급히 명령에 복종했고 침대의 위아래로 흘러들던 불빛이 멀어져 수는 들리지 않게 안도의 한숨을 쉬었다. 어두운 곳에서는 그들도 단검을 제대로 확인하지 못할 것이다.

―왜 밤중에 호들갑을 떠느냐?

―여기서 금속이 떨어지는 소리가 났습니다.

―확실히 여기인가?

―그렇습니다.

―잘못 들었겠지. 아니면 화병 같은 것이 떨어졌거나. 그런 일로 매번 소란을 피우면 예민한 노인이 어떻게 제대로 잠을 자겠느냐?

오셀롯이 그렇게 나오니 서둘러 달려온 자들도 더는 할 말이 없었다. 황제의 목소리가 편안하기 그지없는 것을 보면 확실히 안전한 상황이었다. 그러나 한 가지 질문이 남아 있었다.

―수가 보이지 않습니다.

―수?

황제가 힐난하자 얼른 대답이 고쳐 나왔다.

―수 님이 보이지 않습니다. 바깥쪽 방에 안 계십니다.

수는 직위상 그들의 상관이었다.

―잠이 안 와서 밤 산책이라도 하는 모양이지.

-나가시는 모습을 저희는 보지 못했습니다.

　-창문으로 나간 모양이구나.

　침묵은 대답이나 다름없었다. 문을 놓아두고 창문으로 나가는 것이 말이 됩니까?

　-수의 운동 신경은 보통 사람보다 뛰어나다. 그대들이 그렇게 수의 행적을 자꾸 살피니 불편해서 창문으로 잠깐 나갔을지도 모르는 일이다.

　여기서 부하들이 창문을 확인하겠다는 식으로 귀찮게 나오면 오셀롯은 버럭 화를 낼 생각이었다. 그러나 그들은 더 대들지 않았다. 오셀롯의 심기를 계속 건드리느니 가만히 있는 게 낫다는 지혜 정도는 그들에게도 있었다.

　-내 잠을 빼앗은 죄는 그 충성심을 생각해서 넘어갈 테니 어서 나가라.

　방해꾼이 사라지고 나자 오셀롯은 여전히 천장을 보는 자세 그대로 다정하게 말했다. 평소처럼 냉정했지만 수에게는 그렇게 들렸다.

　-이제 너도 돌아가서 자야지. 아니면 임무를 마저 처리하든가.

　-죄송합니다.

　소리를 죽인 흐느낌이 잔잔하게 퍼졌다. 오셀롯은 괜히 코

끝이 찡해지는 것을 느꼈지만 내색하지 않았다.

― 작이겠지.

― 아셨습니까?

― 뻔하지. 작과 나는 오랜 세월을 함께 지냈다. 서로의 수법은 모르는 것이 없지.

오셀롯은 가볍게 기침한 다음 이어서 말했다.

― 너처럼 유능한 부하를 그냥 넘겨줄 인간이 못 된다, 그자는. 자기도 루 도인이니까 루 도인에게 중요한 일을 맡겼다고 생각했지.

수의 전율이 오셀롯의 피부에도 전해졌다. 물론 그녀는 몰랐을 것이다. 오셀롯 자신도 오랜 세월이 지난 다음에야 겨우 알게 된 일이었다.

― 어서 가서 남은 잠을 자거라, 내 딸아. 나도 다시 자야겠구나.

오셀롯이 아침에 제법 개운한 기분으로 일어났을 때, 그는 무심코 오른쪽 침대 발치를 확인했다. 수는 그 자리에 없었다.

― 작, 작. 그대의 사람 보는 눈도 예전 같지 않군. 아무래도 곧 죽을 운명인가 보오.

그러나 오셀롯은 자기와 작 중 누가 먼저 죽을지 함부로 짐작하지 않았다. 그것은 어디까지나 보통 인간에게 허락되지 않은 예언자의 영역이었다. 그래도 둘 다 천수를 누릴 수 없다는 것은 명확하게 알 수 있었다. 오랫동안 사람들의 목숨으로 장난을 친 사람은 죽음의 냄새를 맡을 줄 알았다.

이왕이면 루 도인을 가까이 두지 않는 편이 낫다.

루 도인이 비록 인간의 모습을 취하고 있다고는 하나

천박하고 어리석고 인간다운 품위를

갖추지 못하는 것을 보면

인간으로 분류해도 좋을지 의심하게 된다.

흄 알라비드의 『생물 사전』은 괴물 편의

일부가 유실되었는데, 거기에 루 도인에 대한

설명이 있지 않았나 짐작하게 된다.

아니면 흄 알라비드의 시대에는 이 땅에

루 도인이 없었다고 추측할 수도 있다.

루 도인이 북쪽 산맥에서 이주해 왔다는

풍문을 믿는다면 이런 해석도 가능하다.

북쪽 산맥은 옛날부터 괴물의 땅이다.

거기서 나온 것은 무엇이나

괴물이라고 부를 만한 것들이다.

애초에 유사 말과 유사 닭과 유사 늑대가 있는데

유사 사람이라고 없을 이유가 있는가?

루 도인은 괴물이 만 갈래로 생겨나다 보니

우연히 인간을 닮은 형태가 된 것과 다름없다.

사람의 말을 하고 사람처럼 군다고

모두가 사람은 아니다.

그러니 우리 제국 사람들은

루 도인을 이 땅에서 모두 추방하거나,

그 유용함이 아쉬워 굳이 써야 한다면

철저하게 감시하며 감히 반항할 의지를 갖지 못하게

엄히 다스려야 마땅하다고 주장하는 바이다.

XI

**다섯 중 셋, 두 제국군의 전쟁을 앞두고
옛 전우들이 다시 하나로 뭉친다**

바실 장군의 진영에서는 회의가 지속되었다. 그라스 시비스의 상상을 초월하는 작전 탓이었다. 그는 전투가 한창 진행되는 와중에 자기의 군대 중 핵심이라고 할 수 있는 기병 군단을 빼내어 그대로 보내 버렸다. 그들이 제국 수도로 곧장 달릴 것을 짐작하기는 어렵지 않았다.

당시 적의 공세에 밀려 방어에 급급했던 아군이 추격하지 못한 것은 다시 생각해도 통탄할 일이었다. 만약 스타인 구원군이 오지 않았다면 방어조차 실패했을 것이다. 덕분에 회의에서 자리를 얻게 된 플리니 대공과 마르쿠스와 북쪽 마을 연합의 지도자 수무르는 한구석에서 오가는 설전을 가만히 듣고만 있었다. 구원자처럼 거만하게 굴다가는 언제든지 불청객이 될 수 있는 처지였다.

- 우리의 수도에는 저들을 감당할 만한 군세가 없습니다.

그것이 문제였다. 제국 수도는 그라스 시비스가 직접 길러

낸 정예 부대를 상대로 무력했다. 이 군대가 그대로 수도에 있다면야 방어가 가능하겠지만 지금 수도에는 남은 병력이 많지 않았다.

-그러니까 추격하자는 말이 아닙니까?

-그랬다가는 저 반란군이 당장 일어나서 우리 뒤를 칠 거요. 그걸 어떻게 막을 생각인지?

-가만히 우리 수도가 유린당하는 것을 보느니 할 수 있는 것은 무엇이라도 해 봐야 하지 않겠소?

-수도에는 까마귀가 있지 않습니까? 정규 병력은 아니지만 보탬이 될 겁니다.

-저 간악한 작이 과연 황제의 편이라고 말할 수 있습니까?

바실 장군은 의외로 이 설전에서 한발 물러나 있었다. 그는 결론이 나지 않는 토론만큼 어리석은 것도 없다는 지론을 충실히 따르는 중이었다. 어차피 서로 설득은 되지 않고 힘만 뺄 뿐이다.

며칠째 바실이 참여하지 않자 핏대를 올리던 사람들도 결국 제풀에 지쳤다. 바실은 그런 순간이 오기까지 오랜 시간 질문을 아껴 두고 있었다.

-대공께서는 어떻게 생각하십니까?

이 자리에 대공이라고 불릴 사람은 하나였다. 평소라면 바실의 부하 중 일부가 코웃음을 치며 무시했겠지만 지금은 바실의 어조가 자못 엄숙한 면이 있어 감히 그렇게 하지 못했다. 게다가 대공은 그들의 구원자였다.

플리니 대공은 교수 시절 딴생각을 하다가 질문을 받으면 당황하는 학생들을 많이 봐 두었다. 그래서 흐름에 끼지 못해도 침착하게 굴어야 한다는 것을 잘 알았다. 그 역시 무의미한 설전을 제대로 듣지는 않고 있었지만, 자기에게 발언 기회가 올 것을 알고 미리 준비한 참이었다.

- 저는 군인이 아닙니다. 그러나 우리가 어찌할 수 없는 상황에 놓였다는 것은 어린아이라도 알 수 있지요. 반란군을 지휘하는 그라스 시비스는 분명 이런 상황까지 예상했을 것입니다.

- 그래서 대공의 지혜로는 어떤 방법을 선택하시겠습니까?

바실은 이렇게 묻는 부하를 제지하려다가 대신 이마를 만지작거렸다. 화가 났다는 뜻이었다. 그 말에 담긴 조롱을 읽으려면 세심한 주의 따위는 필요하지 않았다.

- 처음부터 답이 나와 있는 문제가 아닙니까? 여기 이대로 있으면 제국 수도가 위험합니다. 그렇다고 수도로 달리다가는 적의 추격을 피할 수 없습니다.

플리니는 문득 자기가 몸담았던 제국 대학을 생각했다. 수도에서 떨어져 별개의 도시처럼 되어 있는 그곳은 반란군의 진행로에 말려들기 딱 좋은 위치에 놓여 있었다. 비록 좋지 못하게 헤어졌다고는 하나 그는 그 도시가 파괴되는 장면을 상상하고 깊이 탄식했다.

플리니의 행동은 바실 장군의 부하들에게 할 말이 없어서 시간을 끈다는 오해를 샀다. 다시 조롱하려는 참에 플리니가 눈을 번쩍 뜨자 조금 더 지켜보자는 분위기가 되었다. 아까부터 바실 장군이 화가 난 것처럼 보이는 것도 그들에게 자제심의 원천이 되었다.

- 처음부터 답이 정해진 문제가 아닙니까? 우리는 그라스시비스의 병력과 정면으로 맞붙어서 그들을 깨부순 다음 서둘러 수도로 돌아가야 합니다. 저는 끝자리에 있어도 과분한 손님이라 감히 끼어들지 못했습니다마는 어째서 아무도 이런 이야기를 하지 않으시는지 모르겠습니다.

- 그건.

우리가 질 것이 뻔하기 때문입니다. 그런 말을 했다가는 바실 장군의 불벼락이 떨어질 것이다. 그는 함부로 화를 내는 사람이 아니었지만 화를 내야 하는 순간에 억지로 참는 유약한 사람도 아니었다.

- 어차피 가만히 웅크리고 있어도 멸망으로 이어진다면 싸

위야 합니다. 바실 장군께서는 진작 그렇게 생각하셨겠지만 여러분의 마음에 기꺼움이 없으니 침묵을 지키셨을 것입니다. 저들은 자기들이 가진 힘의 핵심을 따로 떼어 놓았습니다. 오히려 싸움을 피하고 두려워해야 하는 것은 저쪽이 되어야 마땅하지 않습니까?

그 순간 바실이 벌떡 일어났다.

- 대공의 말씀이 옳습니다. 제 부하 중 하나가 그 이야기를 해 주기 바랐건만 대공께서 지적해 주시니 진심으로 송구합니다. 제가 적을 당해 내지 못해 방어에 급급한 모습을 보였더니 부하들도 어느새 저의 두려움을 함께 먹고 마시며 취한 모양입니다. 대공의 말씀대로 우리는 저들을 쳐서 부수고 수도로 돌아가야 합니다.

제2제국군을 처부순다는 말인가? 그 생각을 떠올리는 것만으로 바실의 수하들은 마치 황제를 대하는 것처럼 황송해졌다. 몇몇은 그런 감정을 숨기지 않고 드러냈지만 다른 무리도 있었다. 그들은 두려움을 억지로 참고 의연한 태도를 보였다.

바실은 무심한 척하면서 부하들의 반응을 세심하게 살피는 중이었다. 그는 이런 순간에 참는 자들이 보통 더 충성스럽고 믿음직스러운 부하라고 믿었다.

솔직함과는 다른 문제였다. 두려움을 느끼지 않으면 머리가 나쁘거나 무모한 사람이었다. 모두가 두려워했고 서로 그 사실을 알았다. 그 상황에서 함께 싸우는 동료에게 작은 힘이라도 되어 주려고 버티는 사람이 군인으로서도, 인간으로서도 가치가 있다고 바실은 믿었다.

세부적인 작전 계획에 대한 논의가 끝나고 회의장을 나선 플리니 대공과 마르쿠스와 수무르가 돌아가는 길이 가장 멀었다. 그들이 머무는 자리는 적을 향하는 최전방에 있었다. 습격을 받으면 가장 먼저 칼과 창을 맞대야 하는 곳이었다. 그러나 처음부터 안전한 후방에 머물 것을 기대하지도 않았던 터라 세 사람 모두 개의하지 않는 부분이었다.

-우리는 이 전쟁에서 이겨야 합니다. 스타인이 다시 독립할 수 있는 유일한 수단입니다.

-참으로 그렇습니다, 마르쿠스 님. 다행히 바실 장군은 유능한 장군입니다. 상대가 강하다고는 하지만 최소한 아군을 믿을 수 있으니 그것도 축복이 아닙니까?

-대공, 우리의 약속을 잊지 마십시오.

-물론입니다, 수무르 님. 수무르 님의 군대가 스타인의 독립을 도왔는데 누가 수무르 님의 자치권을 인정하지 않고 버티겠습니까? 그런 사람이 있다면 누구든 이 플리니의 적이 될 겁니다.

마르쿠스는 플리니를 보며 그의 재능은 처음부터 교수가 아니라 통치자가 되기에 적합했다고 느꼈다. 그를 처음 서기관으로 모시러 갔던 순간도 떠올랐다. 그때 그는 제국 대학에서 쫓겨나 실의에 잠긴 노인이었고 지금과 같은 위엄이 나올 구석이 없어 보였다. 시간이 많이 흘렀어도 플리니의 모습은 그때보다 오히려 젊어 보였다.

─우리는 할 수 있는 것을 다할 겁니다. 그러나 스타인 땅에 별고가 없었으면 좋겠습니다.

플리니 대공의 말을 듣고 마르쿠스는 가슴이 섬뜩했다. 레푸스가, 그의 군주가 이 기간에 잘 다스려 주기를 바랐지만, 충성스러운 마음에도 신뢰는 별로 없었다. 무엇보다 권력에서 밀려난 피에스가 가만히 있을지 걱정되었다.

세 사람을 맞이하러 나온 것은 슈타이어의 두 용사, 슈타이어와 베르크만이었다. 느긋한 자세에서도 날뛰는 기운이 뿜어져 나왔다.

─언제쯤 저쪽과 싸울 수 있답니까?

─아직 모르네, 슈타이어. 그러나 우리가 먼저 나가서 싸우기로 했어.

플리니 대공은 회의의 내용을 짤막하게 간추려서 들려주었다. 그런데 천막 뒤쪽에서 사람 하나가 나타났다. 두건을 푹

눌러 쓰고 있었다.

―그러면 슈타이어의 세 용사도 그 싸움에 나섭니까?

모두 처음 듣는 목소리라 어리둥절했다. 적인지 아군인지 분간이 되지 않았다. 베르크만이 대답은 지위가 낮은 사람의 몫이라는 듯 맞서 외쳤다.

―슈타이어의 용사는 이제 셋이 아니다.

―그러면 슈타이어의 세 용사도 그 싸움에 나섭니까?

그는 귀가 안 들리는 사람처럼 같은 말을 다시 외쳤다.

―그렇게 묻는 자네는 누구지?

슈타이어의 질문을 받은 청년은 두건을 벗었다. 햇살에 드러난 투명한 피부를 보고 그 자리에 있던 사람 모두가 긴장했다. 몇 명은 본능적으로 무기에 손을 가져갔다.

―루 도인.

루 도인 청년은 적대적인 태도를 보고도 태연했다.

―저는 그저 시키는 대로 했을 뿐입니다.

천막 뒤쪽에서 새로운 목소리가 들렸다.

―거기 계신 분의 말은 틀렸습니다. 슈타이어의 용사는 언제나 셋입니다.

그러고 나서 뛰쳐나온 사람을 보고 플리니 대공과 마르쿠스와 슈타이어와 베르크만이 반색했다. 분위기에 동참하지 못한 수무르가 다급하게 물었다.

―누, 누굽니까, 저 친구는?

―그는 모제스입니다.

―아, 그 높은 양반의 아들.

수무르가 다시 얼굴을 확인하려고 고개를 돌렸을 때 모제스는 슈타이어와 베르크만과 얼싸안는 중이었다.

―이 귀족 같은 수염은 뭐야?

―미안하지만 나는 이제 진짜 귀족이야. 제국 귀족이지. 자네하고는 성분이 다른 사람이야, 베르크만.

―그래서 여기는 어떻게 왔나?

어린아이처럼 한바탕 날뛴 다음 슈타이어가 상관이자 연장자답게 물었다. 모제스는 플리니 대공에게 가서 예의를 표한 다음 대답했다.

―저는 슈타이어의 세 용사가 아닙니까? 싸우러 왔습니다.

―그럼 저 뻔뻔한 젊은이는?

―오는 길에 만난 동행입니다.

루 도인 모는 한구석에 서서 관심을 받지 않으려다가 자기에게 모이는 시선을 느끼고 부끄러워했다.

―이 삼엄한 경계를 뚫고 어떻게 여기까지 들어온 건가? 게다가 루 도인까지 데리고 왔잖아?

─그건 별로 어렵지 않았습니다, 대장.

슈타이어는 모제스에게 오랜만에 대장 소리를 듣는 기분이 나쁘지 않았다. 서로 갈라졌던 순간에도 그가 대장이라고 했던가? 정확히 기억이 나지는 않았지만 왠지 그랬던 것 같았다. 그때 모제스는 창에 찔린 상처를 부여잡고 둘을 먼저 보냈었다.

─저는 아크마트 대공의 아들이 아닙니까? 그걸 알면 누가 통과시켜 주지 않겠습니까?

모제스의 입으로 직접 그 말을 듣는 것은 풍문으로 듣는 것과는 다른 느낌이었다. 모제스도 분위기를 눈치채고 자랑하는 듯한 말투를 거두었다.

─그러나 저는 슈타이어의 세 용사이기도 합니다. 제국의 귀족은 제게 어울리는 자리가 아닙니다. 그래서 여러분과 함께 싸우러 왔습니다. 그리고 저 친구는.

모제스는 모를 가리켰다.

─이름이 모입니다. 우연히 만나게 되었는데 솜씨가 괜찮은 편입니다. 루 도인은 모두 빼어난 전사라는 말이 틀리지 않더군요.

모는 여전히 금방이라도 도망칠 사람처럼 몸의 중심을 뒤로 빼고 있었다. 막상 그가 달리기 시작하면 잡느라 고생깨나

할 듯했다.

― 그대의 말은 저 친구가 우리와 함께 싸운다는 말인가?

― 그렇습니다, 대공. 루 도인이 우리의 적으로 태어난 것도 아니고 루 도인이지만 우리 편이 되는 것도 얼마든지 가능하지 않겠습니까?

― 틀린 말은 아니지.

― 대공이라면 이해해 주실 줄 알았습니다.

모제스는 플리니 앞에서 한쪽 무릎을 꿇었다.

― 슈타이어의 용사는 언제나 대공을 섬깁니다. 이제 다시 대공을 섬기기 위해 왔습니다. 그리고 저기 있는 친구도 슈타이어의 용사로 받아들여 주시기를 청합니다. 제가 신원 보증인이 되겠습니다.

베르크만이 그 말을 듣고 불쑥 내뱉었다.

― 슈타이어의 용사는 셋이 아닌가?

― 대공, 슈타이어의 용사가 어찌 항상 셋이 되어야 합니까? 언젠가는 슈타이어의 열두 용사, 서른 용사, 삼백 용사가 될 수도 있지 않겠습니까? 슈타이어 대장은 그게 싫으십니까?

플리니 대공은 모제스의 말을 듣고 빙그레 웃더니 슈타이어에게 물었다.

― 어떠한가? 그대의 용사이니 그대의 선택일세.

— 대공, 모제스가 저렇게까지 말하니 일단 수습으로 넣어주겠습니다. 그러나 먼저 예절 교육이 필요한 듯싶습니다. 대공을 앞에 두고도 저렇게 목이 뻣뻣하게 서 있는 것을 보니 말입니다.

모는 불에 엉덩이를 덴 고양이처럼 화들짝 놀라 달려온 다음 양 무릎을 꿇고 이마를 땅에 댔다. 루 도인에게는 흔한 일이었지만 플리니는 놀라서 그의 몸을 일으켰다.

— 패해서 엎드러지는 게 아닌 다음에야 다시는 머리와 땅이 닿게 하지 말게.

이 일이 있고 나서 드디어 제국과 스타인 연합군이 반란군 진영으로 돌격한 것이 마침 12일 아침이었다. 방금 해가 떴을 뿐이지만 이미 제국 수도와 에젠성에서 벌어진 황제에 대한 암살 시도가 전부 실패한 다음이기도 했다.

마르쿠스와 수무르가 이끄는 스타인 군대는 제국군 기병대와 나란히 선봉에서 달렸다. 제국군의 침략을 받아 싸웠던 사람으로서 이제는 같은 편이 되었다는 것이 마르쿠스의 감회를 새롭게 했다. 온전한 기쁨도 절망도 아니었다. 그저 앞날을 정확하게 예측할 수 없다는 현실적인 판단이 그를 두르고 있었다.

바실 장군과 플리니 대공은 후방에서 함께 부대를 지휘했다. 둘의 지위에 우열이 없는 것을 두고 누구도 불만을 표하지 못했다.

한편 상대의 공격을 예상한 그라스 시비스는 정면으로 맞붙지 않고 가만히 방어하는 전략을 고수했다. 그는 불리한 싸움에 적극적으로 나서는 바보가 아니었다. 지금 그가 믿는 것은 시간을 끌면서 자기가 앞서 보낸 부대가 제국 수도를 쳐 황제를 사로잡았다는 소식을 듣는 것이었다. 정예군을 따로 보낸 이유가 거기에 있었고 그렇게 된 이상 불필요한 싸움은 피해야 했다.

이 전쟁이란 결국 말판 게임과 같았다. 왕을 사로잡기만 하면 상대의 군세가 아무리 많이 남아도 끝나게 되어 있었다. 누가 팔라스 펠리스를 대신하고 누가 오셀롯 펠리스를 대신하겠는가? 공교롭게도 둘의 후계자는 그의 곁에 있는 디노펠리스 펠리스였는데, 그는 이름과 다르게 펠리스의 영광은커녕 수치에 가깝다는 평을 들었다.

그라스 시비스는 보다 방어에 좋은 위치로 이동하느라 그동안 숙소로 이용했던 테리아의 집을 떠나게 되었다.

―여기에 있으면 계속 전쟁에 휘말릴 텐데 나와 함께 가겠느냐?

테리아는 정중히 거절했다.

―저는 이 집을 지키기 위해 남았습니다. 지금 집을 버리고 떠나면 웃음거리가 될 뿐입니다.

―그래, 바실은 올곧고 그 부하들은 군기가 엄정하다. 네게 해로운 일은 아마도 하지 않을 것이다.

테리아는 무덤덤하게 배웅했지만 디노펠리스는 미련이 남은 사람처럼 굴어 그라스 시비스의 심기를 또 한 번 거슬렀다. 그는 테리아가 펠리스의 이름으로 태어났다면 애초에 이런 전쟁과 혼란이 없지 않았을까 생각했다. 그녀가 디노펠리스보다 더 펠리스다웠다.

그것이 문제였다. 최초의 펠리스 황제는 정말 펠리스다웠겠지만 시간이 지날수록 펠리스다움이 다른 혈통에서 흔하게 보이게 되고 정작 펠리스의 후손은 펠리스답지 못하게 되었다. 그나마 마지막으로 자연이 쥐어짜서 만들어 낸 것이 지금의 황제인 팔라스 펠리스와 에젠 황제 오셀롯 펠리스였다.

둘을 탄생시키느라 너무 큰 산고를 겪었는지 나머지는 그저 그런 펠리스들로 채워 놓았고 끝내는 디노펠리스 같은 이도 태어났다. 그라스 시비스는 이것이 멸망의 징조라고 생각했다. 펠리스와 제국은 끝이 난 것이다. 디노펠리스가 그라스 시비스의 마음에 그린 불씨를 심어 놓았다.

전쟁에 집중하느라 한동안 잠잠했던 그라스 시비스의 마음이 다시 요동쳤다. 몸이 떨리고 오한이 몰려와서 오전에는 그럭저럭 버틸 수 있었으나 오후가 되어서는 지휘를 할 수 없는 처지에 이르렀다.

그라스 시비스가 지휘하지 않고 기병을 통째로 떼어 둔 군대는 바실 장군의 집요하고 우직한 공격과 슈타이어의 용사들이 이끄는 스타인 연합군의 저돌성을 막을 수 없었다. 슈타이어와 베르크만과 모제스와 모가 활개 치는 구역에는 감히 접근하는 적이 없고 모두 뒷걸음질 치기 바빴다.

에젠 군대는 이날 이만 키나, 사백 투름스를 물러섰다. 달리기에 아주 능숙한 병사라도 두 시간 넘게 달려야 하는 거리였다. 바실 장군과 플리니 대공은 만신창이가 된 적을 더 추적하지 않고 수도 쪽으로 서둘러 방향을 돌렸다.

슈타이어의 세 용사가 없었다면

플리니 대왕이 적극적인 흡수 정책을 추진할 수 있었을지

나, 스탐노스는 심히 의심스럽다.

그러나 훌륭한 왕 밑에 훌륭한 신하가 깃드는 법이다.

총리 마르쿠스와 세 장군,

슈타이어와 베르크만과 모제스를 품을 수 있었던

그의 인품이 나라를 일으켰다.

제국에 그런 사람이 태어나지 않았던 것은

불운이라기보다는 정해진 일이나 마찬가지였다.

역사는 언제나 혼란스럽고 기회는 여러 번 거듭 찾아온다.

그 안에서 발버둥 치던 자들의 행적을 따라간 끝에

내릴 수 있는 결론은 다음과 같다.

이 냉혹한 기록이 우유부단한 사람의

편을 들어 준 사례는 찾기가 어렵다.

XII

**다섯 중 넷, 그라스 시비스의 기병대가
제국 수도를 점령하고 황제가 피신한다**

말을 탄 군대는 맹렬하게 달릴 수 있다. 그러나 말이라는 동물은 종일 맹렬하게 달릴 지구력이 없다. 먼 옛날 정체를 알 수 없는 유사 말과 피가 섞여 보통 말을 전부 밀어내고 제국산 말이라는 이름을 차지한 종도 말의 한계를 넘을 수 없기는 마찬가지였다.

그래서 까마귀들의 정보가 바람을 타고 날아 제국 수도에 먼저 전해질 수 있었던 것이다. 까마귀들은 여러 가지 기상천외한 방법으로 정보를 실어 날랐다. 화살을 쓰고 봉화를 올리고 새를 날렸다. 그 속도는 맹렬하게 부는 바람보다 느리다고 말하기 어려웠다.

정보는 까마귀들의 수장 작에게 모여들었다. 그는 정보를 독점할 생각도 해 보았다. 그러나 그가 결심을 내리기 전부터 까마귀들의 날개 깃털에서 묻어 나온 정보가 제국의 유력자들 귀에 들어갔다. 그들은 목이 쉴 때까지 남에게 소리쳐 떠들 필요도 없이 자기가 아끼는 사람들에게만 살며시 속삭이면 되었다.

그라스 시비스의 군대가 당도하기 이틀 전부터 수도에는 소문이 쫙 퍼져 젖먹이조차 수도의 위기를 알았다. 그러나 권력 싸움으로 일상의 지루함을 달래는 귀족들을 제외하고는 누구도 피난할 생각을 하지 않았다. 어차피 도망갈 수도 없었다. 제국 수도는 피난민이 몰려들던 순간부터 봉쇄되어 출입이 제한되었다.

황제는 두 사람에게 방어 계획을 맡겼는데 모제스의 아버지 아크마트 대공과 까마귀들의 수장 작이었다. 작은 회의에 집중하기보다는 자기 계획을 실행하기 얼마나 좋은 순간인지 느끼며 백일몽에 빠졌다. 까마귀의 단검에 황제가 피를 흘리며 쓰러지는 장면이 반복되었다.

아크마트가 지휘하는 제국 군대는 주력을 바실 장군과 함께 보내고 남은 자들이었다. 도시의 치안은 그럭저럭 지킬 수 있었지만 적의 군대와 맞붙는 것은 무리였다. 까마귀들의 도움이 절대적으로 필요했다.

그러나 아크마트와 작이 세운 모든 방어 계획은 자정을 지나 12일에 접어들면서 벌어진 사건으로 모두 무위로 돌아갔다. 황제는 거처에 돌아오자마자 손가락을 들어 명령했다.

─지금 당장 작을 잡아들여라.

소식을 듣고 자다가 일어나 달려온 아크마트가 의문을 담아 물었다.

─작 말씀이십니까?

─그렇다.

─그가 암살 시도의 배후입니까?

─그러면 또 누가 있겠는가?

아크마트는 더 토를 달지 않고 황제의 판단을 신뢰했다. 그는 직접 부하들을 거느리고 지체 없이 까마귀들의 본거지를 급습했다. 작이 사는 곳은 그 안이었다. 까마귀들의 수장은 잠시도 둥지를 떠날 줄 몰랐다.

입구에서 보초를 서던 자들이 아크마트 대공의 앞을 막아섰다.

─아무리 대공이라도 그냥 이렇게 안으로 들어가실 수는 없습니다.

─알겠다. 그러면 하나만 묻겠다. 작이 지금 그 안에 있는가, 없는가?

까마귀들은 입을 굳게 다물고 대답하지 않았다. 아크마트가 입을 열어 명령을 내릴 필요가 없었다. 이미 모든 명령이 사전에 내려진 참이었다. 길을 막는 자는 그 누구라도 무사할 수 없었다.

눈짓을 받은 병사들이 칼을 뽑고 나아갔다. 까마귀들은 저항했으나 그렇게 격렬하지는 않았다. 까마귀 발톱이라고 불리는 정예는 뿔뿔이 흩어져 있었고 남은 자들은 아크마트의 부하들을 당해 내기 어려웠다. 처음부터 작이 의도적으로 그런 자들만 남긴 것 같았다.

아크마트 일행은 벌떼처럼 계단을 오르며 길을 막는 자들을 가리지 않고 모두 베었다. 그들의 행동 양식을 뒤늦게 알아차린 까마귀들은 구석에 숨어 화를 면했다.

아크마트는 황제보다 더한 권력을 누린다던 작의 본거지에서 자기가 벌이는 일에 쾌감과 서글픔과 두려움을 모두 느꼈다. 그로서는 작이 한 행동을 전혀 이해할 수 없었다. 예전의 작이라면 차라리 더 완벽한 계획으로 황제를 암살하는 데 성공했을 것이다. 작이라고 모든 일을 성공하는 것은 아니지만 이렇게 참담한 실패는 그에게 어울리지 않았다.

대공은 작이 루 도인을 누구보다 증오하는 루 도인이라는 사실을 몰랐다. 그가 루 도인의 특징을 감추기 위해 약을 먹는다는 사실을 몰랐다. 루 도인이 오셀롯의 편을 들어 전쟁에 끼어들면서 그의 냉철한 판단력에 금이 가기 시작한 것을 몰랐다. 두 황제를 암살하려던 그의 계획이 딱히 허술한 것은 아니었으나 하필이면 두 계획에 모두 루 도인 젊은이가 끼어들어 일을 망친 것을 몰랐다.

그러나 이 모든 일을 안다고 해도 달라질 것은 없었다. 작은 아크마트에게 죽거나 붙잡혀야 했다. 이제 타협할 부분은 모두 사라져 결착만 남아 있었다.

작의 숙소 문은 잠겨 있지 않았다. 안으로 들어가서 확인해 보니 딱히 잠금장치라고 부를 만한 것도 없었다. 감히 누가 까마귀들의 수장이 허락하지 않았는데 방에 들어오겠느냐는 자신감이 담겨 있었다.

방은 간소했고 한쪽 구석에는 눈에 띄게 큰 책장이 있었다. 빼곡하게 꽂힌 책들은 장식용이라기에는 손을 탄 흔적이 뚜렷했다. 창가에는 작은 화분 하나가 있었다. 그 꽃은 방 안의 퀴퀴한 분위기와 어울리지 않게 싱그러웠다.

대공과 부하들은 혹시 방에 함정 같은 것이 설치되어 있을까 꼼꼼하게 확인하느라 시간을 지체했다. 겨우 바닥을 가로질렀을 때 책상 위에 놓인 편지 두 개를 확인할 수 있었다. 널찍한 책상은 차분하게 정돈되어 있었고 두 봉투의 겉봉에는 각각 황제에게, 아크마트에게, 라고 적은 문구가 보였다.

아크마트는 손을 뻗어 자기의 이름이 적힌 봉투를 집었다.

―조심하십시오, 혹시 독이.

아크마트는 부하의 걱정을 미소로 일축했다. 작이 설마 그렇게까지 추잡한 인간이 되었을까.

그는 죽이고 싶은 사람이 있으면 언제나 까마귀 발톱을 보내서 죽였다. 그것이 살인의 유일한 미학이라도 되는 듯이 굴었다. 아크마트는 작이 아무리 궁지에 몰렸어도 그 습관까지 버렸으리라고는 믿지 않았다.

안에 쓰인 내용은 단순했다. 당신이 직접 올 줄 알았지. 당신이 원한다면 당장 황제의 자리에 오를 수 있소.

- 아.

아크마트가 무심코 내뱉은 소리를 듣고 부하가 물었다.

- 무슨 내용입니까?

- 나보고 황제가 되라는군.

아크마트는 숨기는 것이 더 수상스러워 일단 말해 놓고 난 다음 조금 경솔했나 싶어 후회했다. 부하들의 눈이 동그랗게 커졌는데 그 속에서 놀람뿐 아니라 기대를 읽을 수 있었다. 마치 보석을 목도하고 탐욕이 뱅글뱅글 소용돌이치는 눈 같았다. 그들은 황제를 직접 모시고 싶어 했다.

- 그렇게 하시겠습니까?

- 그렇게 하겠느냐고?

아크마트의 목소리가 아무리 쩌렁쩌렁해도 까마귀들의 등

지는 어렵지 않게 그 소리를 전부 흡수해 버렸다. 이어지는 웃음소리도 밖으로 새어 나가지 못했다. 인간이 만든 건물이 인간에게 초라함을 느끼게 했다.

─나는 이미 대공이다. 내가 대공 자리를 하찮게 여길 정도로 대단한 인물인가?

─그런 분이십니다.

─그렇지 않다. 누구나 자기 마음속을 들여다보면 그렇지 않다는 것을 깨닫는다. 다만 때로 탐욕과 교만이 이길 뿐이다.

─대공께서는.

─작도 내가 조언을 따를 것이라고 믿지는 않았겠지. 그저 질 나쁜 농담일 뿐이다.

아크마트는 작의 편지를 찢어 바닥에 뿌린 다음 황제에게 보내는 편지만 고이 접어 외투 주머니에 넣었다. 부하들의 표정에는 찝찝함이 남아 있었다.

─예상했던 대로 그는 도망쳤구나. 이제 우리는 황제께 돌아가야 한다. 지체할 시간이 없다.

건물을 나왔을 때 희부연 새벽안개가 그들을 맞아 주었다. 한밤의 소동이 끝났음을 알리는 신호이기도 했다. 긴 하루가 군대처럼 몰려들고 있었다.

─어서 가자.

탑처럼 솟은 까마귀들의 둥지 꼭대기에서 아크마트를 내려다보는 사람이 있었다. 그의 피부는 반쯤 투명했다. 약을 먹을 시간이 조금만 지나도 몸이 곧바로 반응했다.

―아크마트. 내가 여기 있는데 어째서 잡아가지 않는가? 어째서 황제가 되지 않는가? 내가 그대의 권좌를 하늘보다 높게 만들어 줄 수 있는데.

아크마트 대공이 정수리에 이상한 기운을 느끼고 다시 탑을 올려다보았을 때 창가에는 사람의 흔적이 없었다.

그 시각 팔라스 펠리스가 머무는 궁전은 피난 준비가 한창이었다. 황제는 모든 것을 아랫사람에게 맡겨 놓고 의자에 기대어 피곤한 몸과 마음을 달래고 있었다. 공교롭게도 이 의자는 오셀롯이 레푸스의 아버지 무스텔라에게서 빼앗은 물건이었다. 그에 비길 만한 것이 없어서 팔라스 펠리스도 애용했다.

최근에 의자에 앉았던 세 사람은 모두 괴로운 시절을 보냈다. 의자에 저주가 깃들어서가 아니라 이런 물건을 탐내는 자들이 겪어야 할 숙명이었다.

―그대는 내게 살려 달라고 했다. 그게 무슨 뜻인가?

황제가 한때 무라는 이름으로 불렸던 알로말에게 물었다.

―지금은 고귀하신 분을 지키는 것이 더 급하니 말하지 않겠습니다.

팔라스는 그의 말에 호기심을 느꼈지만 캐묻지 않았다. 황제는 머리카락이 타오르는 것처럼 붉은 이 청년이 마음에 들었다. 단지 생명의 은인이라서 그런 것은 아니었다. 그에게서 풍기는 기운이 제국의 젊은이들과 묘하게 다른 것이 가장 큰 이유였다.

예전에도 비슷한 느낌을 받은 적이 있었다. 젊은 시절의 아크마트가 그 주인공이었다. 오셀롯을 가까이 섬기던 자인데도 축출하지 않은 것은 그를 부하로 두고 싶은 욕심이 강해서였다.

팔라스는 두 사람이 루 도인 출신이라는 것을 몰랐다. 때로는 자연환경이 특별한 인간을 길러내는데 그렇게 태어난 두 사람의 야성이 제국 사람을 매료한다는 사실을 몰랐다.

황제가 자기 앞의 청년을 더 자세히 관찰하고 있는데 마침 아크마트가 서둘러 들이닥쳤다. 황제는 둘을 비교할 기회를 얻어 기뻐했지만 아크마트는 그를 재촉했다.

— 들으셨습니까? 적이 새벽에 성 앞에 도착해 잠시 쉬는 중이라고 합니다. 날이 밝는 대로 쳐들어올 겁니다. 당장 몸을 피하셔야 합니다.

— 아직 떠날 준비가 끝나지 않았는데?

— 그런 물건들은 나중에 다시 온전하게 되찾으실 수 있습

니다. 저들이 노리는 것은 하나입니다.

그것은 당연히 황제의 목숨이었다. 팔라스가 죽으면 제국 수도 사람들은 별로 고민하지 않고 오셀롯을 다시 황제로 맞이할 것이다. 처음부터 두 사람의 싸움이었고 제국 사람들은 다른 대안이라고 해 봐야 디노펠리스 정도라고 생각했다. 아크마트가 작의 제안을 무시한 것은 그런 현실적인 이유도 있었다.

아크마트는 알로말을 힐끗 보고 지나가듯 물었다.

- 그대도 함께 가겠는가?

- 물론입니다.

황제가 마차에 막 오르려는 순간 성문 쪽에서 들리는 소란이 파도처럼 밀려들었다. 잔잔한 듯 격렬한 그 떨림을 느끼며 팔라스 펠리스는 마침내 책의 경구 하나를 이해했다. 그날이 오니 풀과 나무가 갈채를 보내는 것 같고, 모래와 흙이 땅을 떠나려는 듯이 재잘거렸다. 저자가 경험한 상황이 지금 팔라스가 겪는 상황과 비슷했을 것이다.

아크마트나 알로말에게는 처음 겪는 일이 아니었다. 그들의 심장이 평소보다 빠르게 박동하기 시작했지만 그뿐이었다. 반면에 황제는 자기가 가진 권력을 땅이 모두 흡수해 버리고 초라한 인간의 육신만 남은 것처럼 몸이 떨렸다. 대자연 앞에서 사람이 무력하듯, 집단의 거대한 악의도 개인이 감당할 수 없다는 것을 느꼈다.

─그러나 나는 황제이다. 황제는 최소한 남 앞에서 두려움에 떨어서는 안 된다.

아크마트는 못 들은 척하고 황제를 부축해 마차에 태웠다. 멀찍이 떨어져 있는 알로말이 그 말을 들었는지 얼굴을 살펴서는 알 수 없었다.

마부가 고조된 분위기에 흥분한 말들을 달래며 출발할 때 동문에서 두 번째 진동이 밀려들었다. 이번에는 사람의 목소리가, 고함 속에 비명이 섞여 있었다. 모두의 마음이 발을 앞서 나갔다.

─말발굽 소리가 들리는구나. 더는 지체할 수가 없다.

황제를 태운 마차는 아크마트의 재촉을 알아들은 짐승처럼 무작정 서쪽으로 달리기 시작했다. 대로를 걷던 사람들은 자기를 치어도 아랑곳하지 않을 듯한 그 기세에 놀라 비명을 지르며 사방으로 흩어졌다. 이 작은 소동이라고 해 봐야 성문에서 들려오는 요란한 소리에 비하면 조용히 내쉬는 한숨이나 마찬가지였다.

개중에는 도망치는 사람이 황제라는 것을 알아보는 사람도 있었다. 그들은 땅에 침을 뱉으며 황제와 그 집안을 저주했다.

─펠리스라는 이름을 가진 것들은 모두 카니세리움에게 내장이나 파먹혀라. 다 먹고 나면 그 머리통에 똥이나 싸 주어라. 이 나라는 망했으니까.

아크마트는 황제가 그 말을 듣지 못했기를 바랐다. 실제로 황제는 덜컹거리는 마차에서 몸을 가누는 것만으로도 정신이 없었다.

제국 수도의 서쪽 문은 활짝 열려 있었다. 본래는 경비를 세워 아무나 들락거리지 못하게 명령해 두었건만 지금 사람들이 물결처럼 탈출하는 것을 보면 병사들이 진작 도망쳤거나 제압당한 모양이었다. 그동안 제지당했던 피난민들이 안으로 들어오려고 했다가는 더 큰 혼란이 빚어졌겠지만, 다행히 그들도 상황을 정확하게 파악하고 있었다.

마차의 속도가 느려지자 황제가 물었다.

─어째서 가지 않느냐?

─사람들이 성을 빠져나가느라 길을 막고 있습니다.

─어서 비키라고 해라.

─아무리 소리를 질러도 듣지 못할 겁니다.

어느샌가 대화하는 황제와 마부도 악을 쓰고 있었다. 그래도 대화가 통하는 것은 소리보다는 입 모양을 대충 읽은 덕분이었다.

―아크마트.

아크마트가 어떻게 들었는지 창으로 얼굴을 들이밀었다.

―그냥 뚫고 갈 수 있겠는가?

아크마트는 황제의 얼굴에서 두려움을 읽었다. 인자하고 온화한 팔라스 펠리스가 조급하게 구는 것은 의외였다. 그러나 인간이란 원래 그런 법이라고 아크마트는 생각했다. 의연하지 못한 것을 비웃어서는 안 된다.

―우리에게 부대가 있다면 몰라도 이 인원으로는 무리한 일입니다.

―그러나 이대로라면 잡힌다. 그러면 모든 것이 끝난다.

어디서 첩보를 들었는지 막 성문을 돌파한 적의 부대가 황제가 있는 서쪽 문을 향해 맹렬하게 달려오는 중이었다. 예민한 사람이 아니더라도 땅이 진동하는 것을 느낄 수 있었다.

반대편 창으로 알로말이 불쑥 얼굴을 내밀었다.

―무례를 용서해 주십시오. 지금은 여기서 내리셔야 합니다. 제가 길을 뚫겠습니다.

황제는 대답 대신 아크마트를 보았다. 아크마트는 고개를 끄덕이며 문을 열었다. 아크마트와 알로말이 내리는 황제를 부축했다.

알로말은 칼을 뽑지 않고 앞장섰다. 그는 칼자루 끝 장식을 가슴의 철판에 마구 두드려 댔다. 아무리 세게 때려도 가슴이 찌그러지는 일이 없음을 믿고 있었다. 그의 가슴은 대장장이 왕이 만들어 준 것이었다.

─ 비켜라.

이 젊은이가 내는 소리는 수백 명이 떠드는 것과 맞먹었다. 그렇다고 인파 속에서 사람들이 길을 좌우로 열어 주지는 않았지만 그럭저럭 작은 틈을 내어 몸을 전진할 수 있었다. 일단 성문을 벗어나기만 하면 거기서부터는 막힘이 없었다.

추격군도 그즈음 인파의 끝에 닿을 수 있었다. 이들은 끼어들 엄두를 내지 못하고 제자리에서 서성거렸다.

─ 죽이면서 전진할까요?

─ 미쳤나? 그러면 오히려 길이 막히게 된다. 그리고 그라스 시비스 님이 몇 번이나 강조하셨다. 이들은 제국 수도 사람이야. 우리에게 덤벼들지 않으면 해치지 말아야 한다.

팔라스 펠리스는 태어나서 처음으로 이름 모를 평민들이 자기 몸을 밀치고 만지는 것을 허용했다. 물론 그에게는 매우 불쾌한 경험이었다. 그러나 실은 이들이 인간 방패가 되어 황제를 지켜 주고 있었다. 전쟁 기록관 스탐노스가 보았다면 시심이 저절로 떠오를 법한 순간이었다.

─ 황제는 어디 있는가?

화답하듯 목소리가 터져 나왔다.

- 이쪽이오.

황제가 두리번거리며 소리친 자를 찾았으나 인간이 겹겹이 쌓여 지층을 이룬 곳에서 그런 노력은 헛되었다. 황제는 아크마트와 그 부하들과 자기가 다스리는 사람들에게 밀리면서 사촌 형제를 떠올렸다. 오셀롯, 네가 기어이 땅굴을 기게 만든 나에게 복수를 하는구나.

쫓는 자와 쫓기는 자의 다급함과는 별개로 추격전은 느리게 진행되었다. 당연히 먼저 인간의 파도를 뚫고 나온 것은 황제 쪽이었다. 아크마트는 말을 타고 있는 제국군 병사를 발견하고 불렀다.

- 황제께서 필요로 하신다.

병사는 화들짝 놀라 얼른 말에서 내렸다. 황제가 말에 오르자 아크마트와 부하들은 종종걸음으로 그 뒤를 따라갔다. 알로말은 일행의 맨 뒤에 있었다.

그들은 들판에서 말을 탄 적을 따돌리지 못할 것을 우려해서 북서쪽의 산길로 방향을 틀었다. 좁은 산길 입구에 들어섰을 때 알로말이 아크마트를 불렀다.

- 저는 여기 남겠습니다.

아크마트는 이유를 묻지 않았다. 그는 잘 알고 있었다. 알로말이 없었다면 그가 같은 역할을 맡았을 것이다.

　- 알로말, 다시 만날 수 있겠는가?

　- 물론입니다. 죽을 생각으로 남는 것은 아닙니다. 시간을 끈 다음 뒤쫓아 가겠습니다.

　- 그래.

아크마트는 젊은이의 어깨를 두드리고 다시 황제를 따라나섰다. 알로말은 말을 탄 황제가 뒤돌아보는 시선을 느꼈다. 위엄이 다 사라져 버린 한 인간이 그에게 눈짓으로 감사를 전했다. 아크마트와 황제와 패잔병 같은 수행원들이 시야에서 사라지자 멀리서 달려오는 그라스 시비스의 군대 한 무리가 보였다.

　- 한때는 황제의 목숨을 끊는 것이 목표였는데 이제 저 사람을 지키겠다고 이렇게 남았으니 세상의 조화란 내게 참 얄궂구나.

　알로말은 오랜만에 마음껏 웃었다.

-제국 수도가 점령당하는 것은

오래전부터 계획된 하나의 큰 징조야.

마침내 때가 왔어.

크릉흥다르흐가 입을 열지 않고 뜻을 전했다.

-대장장이 왕의 역할만 남았군.

붉은 용이 콧소리를 내며 낄낄거렸다.

-그는 그대가 생각하는 것보다는 잘 해낼 거야.

그 일을 감당하기에 세상 누구보다 적당한 자니까.

검은 용이 전하는 뜻에 나머지 둘도 고개를 끄덕였다.

인간 세상에 오래 살면서 배운 버릇이었다.

XIII

다섯 중 다섯, 라토와 아리셀리스가
마법사 왕국을 공격하다가
탑 위에 선 카분을 발견한다

대장장이 왕의 옆을 지키는 경호원의 가슴에는 딱딱하고 차가운 기운이 어려 있었다. 알로말처럼 가슴에 금속판을 댄 것은 아니고 단검과 칼집을 품어서였다.

매일 밤 자기 전에 눈으로 확인하고 손가락으로 촉감을 확인하고 싶어지는 그 칼은 본래 무기의 사제가 지니고 다니던 물건이었다. 만든 이는 11대 대장장이 왕이었다.

- 이제 네게 이 칼을 완전히 넘겨주어도 좋겠구나.

가르젠은 신전으로 돌아가기 전 데스커드를 은밀하게 불러 선물을 전달했다.

- 이, 이걸 항상 제가 가지고 다니게 해 주신다고요?
- 그러나 네 것이 아니다. 너도 언젠가 다른 이에게 전해야 한다.
- 알고 있습니다, 그러나.
- 그러나?

— 아예 은퇴하시는 건가요?

— 아니다, 이놈아. 네가 홀로 왕의 곁을 지키게 되었으니 임시로 줄 뿐이다. 네가 그 물건을 들고 설친다고 한들 내 주먹보다 약하다.

데스커드는 그 말이 완전히 농담은 아니라는 것을 알았다. 진심을 담아 맞아 본 적은 아직 없었지만 바위도 쪼개고 칼날도 부러뜨릴 주먹이었다.

가르젠이 떠나고 몇 번이나 손잡이를 쥐어 보았지만 뽑은 것은 아직이었다. 이 성스러운 칼을 재미로 뽑는 일은 불경스러웠다. 그래도 손잡이의 미세한 홈들이 피부에 흡착되는 것 같은 감각은 느낄 수 있었다. 다섯 손가락을 모두 펼쳐도 손바닥에 붙은 채 그대로 있을 듯했다.

데스커드는 가까운 시일 안에 칼을 쓸 일이 오리라고는 생각하지 않았다. 마법사들의 싸움에서 그가 맡은 역할은 구경하는 대장장이 왕을 지키는 것으로 충분했다.

— 데스커드, 또 몰래 칼에 뽀뽀하고 있냐?

옆 침대에서 낄낄거리는 소리가 들렸다.

— 뽀뽀는 한 적 없습니다.

— 하지만 안고 자기는 하잖아?

— 소중한 물건이니까요. 누가 훔쳐 가면 어떡합니까?

-아리셀리스 님이 대장장이 왕이 만든 물건에서는 특별한 기운이 나온다고 했어. 그걸 추적하면 도둑을 잡기는 어렵지 않아.

　-하지만 우리가 찾으러 가는 사이에 도둑이 이걸 녹여 버리면 어떡합니까?

　-그 물건을 훔칠 만큼 눈썰미가 좋은 도둑이 그런 멍청한 짓을 할 리가 있나. 그걸 녹이면 그저 황금과 철과 그 밖의 잡다한 금속 덩어리인데 그 가치는 녹이기 전과 비교하면 만분의 일도 안 될 거다.

　-어리석은 짓을 저지른 자가 지혜롭기를 바라기보다는 처음부터 훔쳐 갈 기회를 주지 않겠습니다.

　-꽤 유식한 소리를 하는군. 하지만 그렇게 너무 아끼면 투란이 서운해하지 않을까?

　-그건 또 무슨.

　데스커드는 잠이 확 달아나는 것을 느꼈다. 에이어리는 아이고 졸리다, 졸리다 연거푸 외치며 돌아누웠다.

　데스커드는 뜨거워진 얼굴을 식히려고 천막 밖으로 나갔다. 루 도인 땅에 사는 모든 인간의 아버지 아베로에스가 준 천막은 저녁이 되면 급격하게 온도가 내려가는 환경을 견딜 수 있게 만들어진 것이라 온난한 날씨에는 과한 면이 있었다.

데스커드는 몸에 열이 오른 이유를 그쪽으로 돌렸다.

들판은 개개로는 미약하지만 모이면 왕성한 생명력으로 다시 뒤덮이고 있었다. 하늘은 쳐다보기 두려울 만큼 눈부시게 빛나는 별들로 가득했다. 시선을 아래로 내리면 저 멀리 마법사 왕국의 입구와 그 아래 순찰하듯 기묘하게 움직이는 안개가 보였다. 어둠 속에서 힘을 얻는 것처럼 그 움직임이 역동적이었다.

라토와 아리셀리스가 이끄는 마법사들의 군대는 이처럼 그들의 고향에 근접해 있었다.

– 잠이 오지 않으십니까?

데스커드는 사람의 기척에 예민하게 반응했지만 마법사들은 그 감각보다 더 조용히 움직였다. 말을 건 목소리는 한 번 들으면 잊기 어려울 만큼 매혹적이었다.

– 루비 님. 그리고 라토와 아리셀리스 님.

두 사람, 아니, 세 사람이 가까이 다가왔다. 데스커드가 평범한 제국 농부의 자식으로 일생을 마쳤다면 평생 만나기 어려운 사람들이었다. 데스커드는 가끔 그 사실을 의식했다.

– 저희도 그렇습니다. 내일은 우리의 운명이 갈리는 날이 될 테니까요.

루비 카르멘의 말에서 솔직한 떨림이 느껴졌다. 라토와 아리셀리스는 모든 것을 이해한다는 듯이 그윽한 눈으로 데스커드를 쳐다보기만 했다.

―하지만 저는, 여러분이 질 거라는 생각은 전혀 들지 않습니다. 왕께서도 그렇게 말씀하셨어요. 그분은 아리셀리스 님의 마법을 여러 번 보셨으니까요.

―저곳을 지키고 있는 자들의 마법도 결코 우리보다 약하지 않습니다.

데스커드는 그 말이 과장이라는 것을 알고 있었다. 그들이 아무리 강하다고 해도 에메랄드 형제에는 미치지 못했다.

―그리고 저에게는 큰 제약이 있습니다. 익숙해졌다고는 해도 예전처럼 마음껏 힘을 발휘하지는 못합니다. 균형이 깨져서는 안 되니까요.

데스커드는 아리셀리스가 말한 제약에 대해 오해했다. 자기 형인 라토가 몸에 깃들어 있어서 힘을 마음대로 쓰기 어렵다는 말로 알아들었다. 대장장이 왕의 몸에 들어 있는 알을 빼기 위한 수술에 동행했으면서도 데스커드의 생각은 거기까지 닿지 않았다. 그는 훗날 자기가 더 많은 것을 알았더라면 일이 다르게 진행되었을지도 모른다고 후회했다.

―만약 일이 어려워진다면 저도 돕겠습니다.

―그런 일이 생기지 않기를 바랍니다.

말하고 나서 에메랄드 형제는 두 목소리가 섞인 웃음소리를 냈다. 데스커드에게는 여전히 기괴하게 들렸다. 형제는 갑자기 웃음을 멈추고 데스커드를 찬찬히 살폈다.

 -왜 그러십니까?

 -데스커드 님의 몸이 대장장이 신의 기운을 뿜어내는군요. 이 힘의 존재를 어설프게 아는 자가 본다면 대장장이 왕이라고 생각할지도 모르겠습니다.

 -아, 그건.

 -그 힘은 참으로 놀랍습니다. 우리가 빌려 쓰는 마법의 힘만큼이나 놀랍죠.

 -빌려 쓴다고요?

 -마법사의 힘은 마법의 바람을 인식하고 적응하고 받아들여 활용하는 것에 지나지 않습니다. 만약 인간에게 그 힘이 내재한 것이었다면 누구나 마법사가 될 수 있겠지요. 대장장이 왕의 힘이란 것도 신에게 받아서 쓰는 것이 아닙니까?

 -그렇겠죠?

 -그렇다면 인간이 다룰 수 있는 가장 큰 두 힘은 인간에게서 나온 것이 아니게 됩니다. 어찌 보면 인간은 마치 그 힘을 변환하기 위한 도구 같습니다. 결코 그 힘의 주인은 될 수 없는 거지요.

마법사 왕과 동생의 말은 데스커드에게 수면제처럼 잘 들었다. 들뜬 마음이 사라지고 따뜻한 곳에 눕고 싶은 충동이 몰려왔다. 데스커드가 인사를 마치고 돌아간 다음에도 세 사람은 그 자리에 남았다.

-내일 왕국을 되찾으면 두 사람이 함께 왕이 되는 건가?

루비가 물었다. 형제는 희미한 달빛 속에서도 그녀의 머리카락 군데군데가 강렬한 붉은색으로 빛나는 것을 느낄 수 있었다. 머릿속에서 일어나는 착각이었지만 아무래도 좋았다.

-응, 아마 그렇겠지.

-글쎄.

긍정적인 것은 동생이었고 회의적인 쪽이 형이었다. 둘의 생각이야 다를 때가 많았지만 엇갈린 목소리가 동시에 나온 것은 처음이었다.

-아니라고?

루비는 용케 라토가 말한 부분을 알아들었다. 아리셀리스는 작은 질투를 느꼈다.

-마법사가 예언자를 따로 두는 것은 이 힘으로도 미래를 모르기 때문이지. 일단 저 땅을 되찾고 나서 고민할 일이야.

이 말은 온전히 라토의 목소리로 전해졌다. 아리셀리스는 괜히 머리가 복잡해졌다. 형은 예전에도 두 사람이 한 몸을 공유하는 것이 영원하지 않을 것임을 암시했다.

- 대장장이 왕이라면.

루비와 헤어지고 돌아온 아리셀리스가 베개에 머리를 대며 몸을 공유하는 형에게 말했다.

- 대장장이 왕이라면 형의 영혼이 거할 수 있는 몸을 만들어 줄 거야.

- 그라면 그렇게 할 수 있겠지.

- 거절하지 않을 거야.

- 대장장이 왕은 독특한 존재야, 아리셀리스. 그는 아무것도 모르는 사람 같지만 모든 것을 알고, 제멋대로 행동하는 것 같지만 꼭 해야 할 일을 하고 있어. 그가 순순히 우리를 따라왔다는 사실에 안심하면 안 돼.

- 그는, 에이어리는.

라토가 높은 평가를 내려도 아리셀리스에게 에이어리는 철없는 동생 같은 느낌이었다.

- 그는 우리 편이 될 거야.

아리셀리스는 그대로 잠에 빠져들었다. 그리고 아침 해가 천막을 따뜻하게 데울 때가 되어서야 땀을 흘리며 눈을 떴다.

루비가 그를 위에서 내려다보고 있었다.

- 얘야, 얼른 일어나렴. 오늘은 전쟁하는 날이니까.

두 사람이 가장 마지막으로 일어난 것 같았다. 나머지가 분주하게 움직이는 동안 라토와 아리셀리스는 마법사 왕국의 입구 쿠오피오를 내려다보았다. 쿠오피오를 지키는 안개는 낮의 왕성한 기운에 움츠러들었지만, 그래도 여전히 맹렬한 기세로 유령처럼 주위를 배회했다.

이날은 12일이었다. 자정을 넘은 시간과 새벽에는 두 황제에 대한 암살 시도가 있었으나 모두 실패했다. 북서쪽 전장에서는 바실 장군과 플리니 대공이 그라스 시비스를 상대하는 중이었다. 멀리 제국 수도에서는 그라스 시비스가 보낸 별동대가 성을 뚫고 들어갈 채비를 마친 상태였다.

그러나 같은 날 일어난 이 모든 역사적인 사건은 마법사들의 지각 밖에 있었고 설령 알았다고 한들 큰 관심을 두지 않았을 것이다. 그들에게는 사방이 산으로 둘러싸이고 그 입구가 안개와 아고나스로 뒤덮인 이 작은 땅에서 벌어질 다툼의 향방만이 중요했다.

라토와 아리셀리스는 아침 식사를 권유하는 루비와 부하들을 물리치고 혼자서 마법사 왕국이 잘 보이는 곳으로 걸어갔다. 어젯밤 데스커드와 이야기를 나눈 곳이기도 했다.

─ 안개여, 오늘 하루만 쉬어 다오. 오늘은 네 임무에서 해방해 주마.

쿠오피오의 안개가 생명을 지닌 요정이나 정령처럼 보인다고 해도 그것은 어디까지나 자연물에서 의식을 찾는 인간의 상상에 불과했다. 그런데 라토와 아리셀리스의 말을 들은 모두의 눈에는 안개가 정말 몸을 떠는 것처럼 보였다.

왕국 바깥쪽에서만이 아니라 안쪽에서도 마찬가지였다. 다이아몬드 울릭은 마음이 진정되지 않아 자기도 모르게 입이 열렸다.

- 아아.

저 멀리서 라토와 아리셀리스가 외쳤다.

- 물러가라.

처음에는 아무런 일도 일어나지 않아서 사람들은 마법이 실패했나 의심했다. 그러나 곧 아리셀리스의 손가락이 움직이는 방향을 따라 돌풍 한 자락이 몰려들더니 안개를 구석으로 몰아가기 시작했다. 양치기 개에 쫓기듯 안개들이 흩어져 두세 덩어리로 뭉치는 모습이 보였다.

그 광경을 보고 아리셀리스가 나머지 한 손을 뻗어 하늘을 가리켰다. 그에 응답하듯 하늘에 작은 태양이 하나 더 있는 것처럼 불기운이 솟아났다. 그 기운은 점점 덩치를 불리며 명령을 기다렸다.

아리셀리스는 충분한 크기가 될 때까지 기다렸다가 손가락을 아래로 내렸다. 그것은 황제의 처형 신호와도 비슷했다. 불기운들은 셋으로 갈라졌다. 모여 있는 안개 덩어리가 세 개인 까닭이었다.

 마치 길이 정해진 것처럼 일직선으로 달린 불덩어리들이 각각 목표물에 안기자 커다란 폭발이 일어났다. 섬광과 굉음에 눈을 돌리고 귀를 막지 않는 사람이 없었다. 사람들이 정신을 차렸을 때 쿠오피오 사방은 안개의 잔해로 뿌옇게 가려져 있었다.

 시간이 흐르자 폭발의 여파가 사라지며 쿠오피오가 오랜 세월 감추고 있던 속살이 그 모습을 드러냈다. 그 앙상한 자태는 보잘것없기도 하고 기묘하게 죽음의 땅을 연상하게 하는 면이 있었다. 폭발이 일어난 곳 근처 군데군데 움푹 파인 아고나스밭이 그런 생각을 떨치기 어렵게 했다.

 대장장이 왕과 경호원은 그 광경을 보고 멍해졌다.

 -왕이시여, 저건.

 -우리는 지금까지 아리셀리스 님의 힘을 과소평가한 것 같구나, 데스커드.

 라토와 아리셀리스는 아무렇지도 않게 루비 카르멘에게 돌아왔다. 카르멘은 어린 시절 친구가 벌인 일을 보고 당혹스러워했다. 그가 낯선 존재처럼 느껴진 것이 처음은 아니었지만 이제는 아예 인간을 초월한 자연재해를 대할 때와 비슷한 경외심을 끌어냈다.

　- 저건.

　- 안개는 방어를 위한 것이야. 훤히 드러나는 쪽이 우리에게 유리해.

　- 아무리 그렇다고 해도 미리 상의했으면.

　- 나는 별로 식욕이 없어. 다른 사람들은 준비가 끝난 것 같으니 이대로 저 문을 부수러 가는 게 좋지 않을까? 안개는 쿠오피오의 자식이야. 잠깐 물러가게 했어도 몇 시간 지나면 새로 태어나겠지.

　신비한 일을 벌이는 것은 라토와 아리셀리스의 몫이었으나 군대를 실질적으로 이끄는 지도자는 루비 카르멘이었다. 그녀가 명령하자 전열은 금방 갖춰졌다.

　- 어젯밤 내내 안개 속에서 벌일 전투에 대해 고민하고 계획을 짰어. 아군끼리 교전하는 일이 없도록. 미리 알려 주었으면 좋았잖아?

　- 나도 자다가 꿈에서 본 장면을 시험해 봤을 뿐이야.

　루비는 친구의 얼굴에서 자부심을 읽었다. 그는 꿈을 현실로 만드는 사람이었다. 옛날과 오늘날을 통틀어 그런 마법사가 대체 몇 명이나 태어났을까? 저 유명한 세타세라고 한들 그보다 더 대단한 마법사였을까?

　상념을 지속하기에는 너무 바쁜 아침이었다. 준비를 마친 에메랄드와 루비 가문의 마법사들이 쿠오피오를 가로질러 입구를 향해 달렸다. 반대편에서 뛰쳐나오는 군대 중 태반은 다이아몬드 가문이었다. 선두에는 조금 전의 방심을 만회하려는 듯 이를 앙다문 울릭이 있었다.

　- 그냥 입구를 지키는 게 낫지 않았을까?

대장장이 왕이 데스커드에게 물었다.

　- 그 말씀도 옳습니다. 하지만 저들은 자기들이 불리하다고 생각하지 않는 것 같아요.

　- 하기는 병력은 저쪽이 훨씬 많지. 그러나 아리셀리스 님이 없잖아?

　- 아리셀리스 님은 저런 마법을 무한정 쓸 수 있나요?

　- 아, 그렇지는 않을 거야. 마법이 자연의 힘을 빌리는 것이라고는 해도 그릇이 버텨낼 수 있어야 하니까. 그리고.

　그리고 저 몸에는 수다쟁이 기운들이 잠들어 있어. 에이어리는 그 말을 입 밖으로 꺼내기를 저어했다. 그 기운을 다스리는 게 쉽지 않다는 것을 에이어리는 노력하지 않고도 알 수 있었다. 한때 그의 몸에 들어 있었을 때는 얌전했지만 지금은 작은 움직임에도 격렬함이 묻어 있었다.

―다시 만났군요, 아리셀리스 님.

울릭은 아리셀리스가 대답하기도 전에 빈 활을 몇 번 튕겼다. 마법 화살은 투명했다. 집중해서 보아야 그 안에 맺힌 풍경이 왜곡된 것을 알 수 있었다. 화살 중 하나가 아리셀리스의 왼쪽 어깨를 스치고 지나갔다.

고통이 느껴지면서 가슴이 요동쳤다. 마치 네 개의 심장이 동시에 뛰는 것 같았다. 아리셀리스가 가지고 태어난 심장 하나와 알과 툰과 세. 하나가 그의 생명을 지키려고 한다면 나머지 셋은 삼키려고 했다.

울릭은 그의 고통을 확인하고 기뻐했다. 그사이 울릭이 아끼는 부하들이 아리셀리스의 주변에 느슨한 포위망을 만들었다. 마법사 왕국에서도 이 싸움의 향방이 아리셀리스를 막는 것에 달려 있다는 것을 알았다. 그를 뺀 나머지는 두려워할 것이 못 되었다.

아리셀리스가 숨 돌릴 틈도 없이 그들의 무기가 날아들었다. 가슴을 움켜쥔 아리셀리스는 일단 하늘로 솟구쳤다. 적들이 거기까지 따라올 수 없다는 것을 알고 한 행동이었다.

속도가 점점 느려져 마침내 공중에 멈춰 선 찰나 아리셀리스의 양손에는 마법의 바람을 급히 응결시켜 만든 막대 몇 개가 들려 있었다. 겨울날 지붕 아래에 맺힌 고드름과 비슷한 형상이었다.

아리셀리스는 땅으로 내려가면서 그것들을 주변에 뿌렸다. 온 힘을 다해서 던졌으면 좋았겠지만, 일부는 몸을 제어하기 위해서 남겨야 했다. 그 바람에 다이아몬드 울릭을 비롯한 몇 명은 아리셀리스의 공격을 피할 수 있었다. 그러나 깨진 파편도 피부에 생채기 정도는 내서 적을 성가시게 했다.

아리셀리스가 울릭과 부하들을 상대하는 사이 루비 카르멘이 이끄는 부대는 다이아몬드 가문의 정예병을 상대했다. 카르멘은 언제나 울릭을 제대로 여물지 못한 사람으로 보았지만 그가 군대를 조련한 솜씨를 보면 그 생각을 거두어야 할 것 같았다.

일사불란하게 움직이는 군대는 잘 맞물린 톱니바퀴처럼 반란군을 조여 왔다. 조금만 발을 헛디뎌도 그사이에 끼여 쓰러지게 되어 있었다. 루비 카르멘이 앞장서서 병사들을 독려하고 상대의 진영을 부수려고 해 보았지만 그녀는 아리셀리스가 아니라 평범한 마법사였다. 다른 이들보다 재능이 있다고 해도 인간의 한계를 뛰어넘을 수는 없었다.

다이아몬드 울릭의 군대가 갑자기 환성을 지르며 쇄도해 왔다. 카르멘은 쿠오피오의 입구 양쪽에 세워진 탑 왼쪽에서 하늘로 솟아오르는 빛을 보았다. 자세히 보면 그 기둥 속에 한 사람이 서 있는 것을 확인할 수 있었다. 마법사 왕국의 새로운 지배자 다이아몬드 카분이 거기에 있었다.

그녀는 카르멘 쪽을 보고 있지 않았다. 시선의 끝에서 고군분투하는 사람은 아리셀리스였다.

이로써 12일에 일어나야 할 일은 모두 일어났다. 그리고 모든 자리에 관찰자가 함께했다.

-카분, 여왕이라고 불러 드릴 수 없는 것을

양해하십시오. 대체 어떻게 할 생각이십니까?

마법사 왕국은 여섯 보석으로 상징되는

가문의 균형으로 지속되어 왔습니다.

그중 둘, 에메랄드와 루비를 말살하시더니

이제는 사파이어마저 없애서 무얼 이루려 하십니까?

사파이어 가스파르는

감옥으로 끌려가기 전 격정을 토로했다.

카분은 일부러 더 사악하고

장난기 어린 웃음을 지으며 대답했다.

-여섯은 너무 많아요, 가스파르. 너무 많잖아요?

XIV

**대장장이 왕이 마법사들의 내전에 휘말려
귀중한 무기를 토막 내어 녹인다**

에이어리가 전쟁을 직접 목격한 것은 이번이 처음이었다. 스승 오카브와 함께 젤레즈니를 침략하는 루 도인 부대를 막아선 적이 있기는 했다. 카부스빌에서 두 대장장이 왕이 함정을 파고 루 도인을 제압한 그 과정은 적어도 에이어리에게는 평화로웠다. 아무도 죽지 않은 것은 물론이었다.

스타인, 아베로에스, 애커 연합군과 루 도인, 놋 연합군의 전쟁터 한복판에 뛰어든 적도 있었다. 그러나 에이어리가 등장하면서 전쟁이 한순간에 끝나는 바람에 제대로 볼 기회는 없었다. 지금도 기억에 남는 것은 멀리 배경처럼 둘러서서 에이어리를 향해 울부짖는 카니세리움들의 모습이었다. 에이어리에게 지워지지 않을 흉터를 남겼던 이 전설의 괴물들은 에이어리가 루 도인 무릎 신경 쓰는 사이 전부 길 잃은 강아지처럼 도망쳐 버렸다.

-이번에는 진짜야.

─진짜요?

─진짜 전쟁이야, 데스커드. 그리고 보기 좋은 광경이 아닌 것 같아.

─전쟁이니까요.

─그러면 내가 읽었던 책 속의 장엄한 전투들은 다 무엇이지?

─기억을 더듬어서 쓴 거니까요. 기억은 시간이 지날수록 아름답게 변하거든요.

─스탐노스 님 같은 사람은 기억을 묵히기 전에도 이 전쟁을 아름답게 그릴 거야.

─그렇다면 그분이야말로 진짜 악당이라고 볼 수 있겠네요.

─옳은 말이야. 다음에 스탐노스 님을 만나면 땅에서 솟아난 암석 감옥에 가둬 두도록 하자.

─정말 그렇게 하실 거죠?

─적어도 이틀, 아니, 사흘은 풀어 주지 않겠다고 약속하지. 그다음에는 자기가 한 일을 반성하는지 지켜보고 결정하자.

─자기 작품에 취해서 끝내 잘한 일이라고 할 거예요. 그런 사람들이 반성한다는 이야기는 들은 적이 없어요.

─나도 그렇게 생각한다. 세상에 그런 사람들이 없다면 지

식이 퍼지기 어렵겠지만 대신 오해도 머릿속에 갇혀 있다가 금방 생명력을 잃을 거야.

마법사들은 목청이 약한 사람들인지, 혹은 침묵을 미덕으로 삼는지 몰라도 이 전쟁은 다른 전쟁처럼 시끄럽지는 않았다. 눈을 감으면 주위가 조금 소란스럽기는 해도 전쟁의 광경에서 벗어날 수 있었다. 덕분에 두 사람은 평소와 같은 어조로 대화를 나누었다. 가끔 고통스러운 비명이 새가 우짖는 소리처럼 들렸다.

에메랄드 아리셀리스와 그 몸을 공유하는 라토는 다이아몬드 울릭의 군대에 맞서 싸웠다. 울릭은 서른 명 가까이 되는 정예병을 이끌고 아리셀리스를 맡았다. 오랫동안 별러 온 복수였다.

아리셀리스를 돕겠다고 이 싸움에 끼어드는 것은 지혜로운 일이 못 되었다. 매일 자고 일어나서 싸움을 상상하고 연습한 마법사들은 불청객을 순식간에 처단해 버렸다. 그 모습을 본 아리셀리스는 화가 나는 동시에 서글퍼졌다.

그는 아침에 쿠오피오의 안개를 몰아내느라 다른 마법사들이 상상도 못 할 힘을 사용했다. 그 후 아침이라도 먹고 좀 쉬었으면 좋으련만 곧바로 전쟁터에 뛰어들었다. 무모한 짓의 결과가 두려워진 것은 이미 돌이킬 수 없게 된 다음이었다.

에메랄드 가문의 쌍둥이 마법사 중 동생은 이 전투에서 홀로 깨달은 것이 있었다. 알과 툰과 세가 폭발하지 않도록 지키기만 하면 문제가 없을 줄 알았는데 하나가 더 있었다. 형인 라토 역시 아리셀리스가 집중력을 잃으면 그의 몸에서 튕겨 나갈 기세였다. 그와 형은 생각처럼 그리 단단하게 달라붙어 있지 않았다.

미리 짐작할 수도 있는 일이었다. 한 사람의 영혼이 다른 사람에게 들어갔다는 이야기를 종종 들어도 그것이 영원히 지속되었다는 결말은 들은 적이 없었다. 외부에서 들어온 영혼은 태어날 때부터 결착된 영혼과 다르게 잠시 몸을 빌렸다가 떠나는 것이다. 본래 그렇게 되어야 맞는 것을 아리셀리스가 마법으로 붙잡아 두고 있었다.

동생은 형에게 이 비밀을 끝내 밝히지 말아야겠다고 생각했다. 머릿속이 복잡한데 잠시 제자리에서 쉬며 생각할 틈이 없었다. 한 자리에 몇 초만 서 있어도 다이아몬드 울릭의 친위대가 쏘는 화살과 찌르는 창이 날아들었다. 여기서 그가 심각한 상처를 입으면 알과 툰과 세가 세상으로 뛰쳐나가 폭발하게 될 테고, 그러면 에메랄드 형제와 루비 카르멘, 다이아몬드 카분과 그녀의 아들 울릭, 대장장이 왕과 경호원까지 모두가 죽게 되어 있었다.

알과 툰과 세가 폭발하면 마법사 왕국은 그대로 멸망이었다. 혹여 폭발 반경 밖에 서 있다가 운 좋게 살아남는 자들은 역사를 바꿀 힘이 없었다.

─아리셀리스 님, 당신은 만날 때마다 내게 부끄러운 기억을 남겼습니다. 그 모든 치욕을 오늘 씻겠습니다.

다이아몬드 울릭이 무서운 기세로 달려들었다.

─싸우는 도중에는 숨이 차니까 말을 걸지 마시오.

아리셀리스는 뒤로 물러서며 자기에게 쇄도하는 병사 중 하나의 창을 잡고 표면을 얼음으로 덮었다. 잘못된 선택이었다. 병사의 장갑에 창이 달라붙기는 했지만 피부에 고통을 줄 수는 없었다. 오히려 창을 절대로 놓치지 않게 먼저 도와준 꼴이었다.

주변의 바람을 격동시켜 거센 회오리바람이 자신을 호위하게 한 다음 아리셀리스는 곧바로 땅에 명령을 내렸다. 대지에서 불쑥불쑥 솟아나는 주먹들이 마법사 왕국의 병사를 노렸다. 방심한 병사 한두 명은 그 공격을 맞고 나가떨어졌다. 그러나 울릭의 훈련이 헛되지 않았는지 나머지는 그 공격을 일사불란하고 가벼운 발걸음으로 피했다.

아리셀리스는 싸우는 와중에 울릭의 눈이 생생하게 빛나는 것을 몇 번이고 쳐다보았다. 그는 좋은 장군이었다. 한때 의심했지만 확실히 좋은 군인이었다. 그를 인정하고 방향을 확실히 정해 주는 왕을 만났더라면 좋았을 것이다.

자신이 그런 왕이 되어 울릭의 충성을 기뻐하는 모습을 상상하다가 아리셀리스는 얼른 생각을 거두었다. 혹시 형이 그런 마음을 읽었을까 걱정되었다. 라토는 아리셀리스가 싸움에 집중할 수 있게 돕느라 아까부터 죽은 듯 가만히 있었다.

어깨에서 흐르는 피가 어느덧 주변의 천을 흠뻑 적시는 수준이 되어 피부에 들러붙었다. 고통은 둘째로 놓고 천이 돌덩이처럼 무거워져 한쪽 팔을 자유롭게 움직일 수 없었다. 처음에 방심했다가 이 한 방을 맞은 것이 실수였다고 아리셀리스는 생각했다. 이들을 결국 다 물리칠 수야 있겠지만 그사이 카르멘과 다른 사람들은 패배할 것이다.

-그대들은 내 어깨에 붙은 천만큼 끈덕지군.

아리셀리스는 침묵을 지키자고 해 놓고 격정에 찬 말을 던지고 싶은 충동을 참지 못했다.

-그렇게 말씀해 주시니 영광입니다. 우리는 끈질기게 달라붙어 끝내 이길 겁니다. 혼자 도망치시겠다면 도망치십시오.

-그럴 수야 없지.

-전장이 더 절망스러운 상황으로 변하는 것을 보고 싶으십니까?

울릭이 어머니 쪽을 쳐다보았다. 다이아몬드 카분은 작은 탑 위에서 싸움을 관망하고 있었다. 그러나 그뿐이 아닌 듯싶었다. 그녀가 손을 들자 익숙한 포효가 들렸다. 대장장이 왕에게는 특히나 익숙했다.

―이 소리는.

에이어리는 몸을 떨었다. 태곳적부터 공포의 감각이 공기에 녹아들며 생겨난 것이라 누구도 거부할 수 없었다. 그 근원을 파헤쳐도 끝내 불가해하게 남아 탐구자의 정신을 갉아먹을 울음소리였다.

―카니세리움.

마치 에이어리가 부른 것처럼 거대한 덩어리들이 성벽 뒤에서 솟구쳤다. 이 괴물들이 땅에 착지하는 순간 진동이 모두의 발바닥을 타고 올라가 머리뼈를 가볍게 두드렸다.

아리셀리스의 정신에서 침묵을 지키던 라토가 불쑥 고개를 내밀었다.

―저것들은 지난번 전쟁에서 도망친 카니세리움이다. 카분이 다시 거둬들여 기르고 있었구나. 처음 카니세리움을 조종하려 들었던 것이 나와 사파이어 가스파르였지.

라토가 말한 처음이란 어린 에이어리의 목숨을 끊기 위해 오셀롯이 그에게 암살을 사주했던 때를 뜻했다. 벌써 10년 가까이 된 일이었다. 라토의 회상은 지금 이 전장에 에이어리도 함께 있음을 잊은 것처럼 담담했다.

카니세리움은 라토의 기억보다 본능에 관심이 있었다. 저 멀리 선 다이아몬드 카분은 양팔을 높이 들고 눈을 감은 채 괴물을 조종하는 일에 집중했다. 그녀가 다스리는 카니세리움 네 마리는 전장을 달리면서 아군과 적군을 가리지 않고 물어뜯고 찢었다. 굳이 따지면 아리셀리스 쪽 피해가 크기는 했지만 울릭의 군대도 전열이 무너지기는 마찬가지였다.

- 역시 제대로 조종하지는 못하는군. 카분에게 네 마리는 무리겠지.

- 그러나 우리를 궤멸하기에는 충분해.

아리셀리스가 냉정하게 라토를 나무랐다. 라토는 무어라 대꾸하고 싶었지만 당장 더 급한 문제가 있었다.

- 창.

아리셀리스는 심장을 향해 달려드는 창을 피하느라 몸을 튼 다음 공격자의 얼굴에 급조한 불덩이를 먹였다. 라토는 다시 의식 아래로 가라앉아 존재가 느껴지지 않았다.

카니세리움을 처리할 수 있는 마법사는 하나뿐이었지만 적에게 팔과 다리를 묶인 것이나 마찬가지라 움직일 여유가 없었다. 그는 자기 다음으로 그럴 가능성이 있는 루비 카르멘 쪽을 보았다. 그녀는 카니세리움의 공격을 잘 피하면서 병력을 후퇴시키는 중이었다. 합당한 처신이었지만 승리와는 먼 길이었다.

아리셀리스는 평소에 겸손을 가장하면서도 실제로는 자신을 신에 가까운 인간으로 믿었다. 그러나 그의 탁월함과는 별개로 세상은 한 인간에게 모든 것을 결정할 권한을 주지 않았다. 여러 인간이 뭉쳐도 마찬가지였다.

그는 적을 얕잡아 보았지만 적은 그를 제대로 평가하고 대비했다. 그 결과 이제는 패배를 받아들여야 하는 시점이 되었다. 다시 마법사 왕국의 땅을 밟는 일은 없을 것이다. 아리셀리스가 혈관을 정복하는 공포의 낌새를 느끼고 절망에 몸을 내어 주려고 할 때 그 일이 일어났다.

처음 카니세리움이 나타났을 때 가장 긴장하고 당황한 사람은 에이어리였다. 그는 카니세리움의 공포를 가슴의 흉터에 새기고 사는 사람이었다. 카니세리움이 그를 삼키거나 할퀴는 악몽을 꾸고 일어나 보면 여지없이 흉터가 욱신거렸다.

- 큰일이다.

데스커드는 대꾸가 없었다. 재치 있는 말을 생각해 내지 못할 바에야 입을 다물기로 한 모양이었다. 그는 지난번 전쟁에서 카니세리움의 위력을 몸소 체험했다. 평소에는 카니세리움을 홀로 상대할 자신이 있다고 떠들었지만 막상 그런 상황이 오자 입에 침이 마르고 온몸의 근육이 경직되었다.

─우리가 저걸 막아야 해. 안 그러면 다 전멸할 거야.

이때까지 아리셀리스와 카르멘이 이끄는 군대의 진퇴에 무관심하게 굴던 에이어리가 벌떡 일어났다.

─어떻게 막으시겠습니까? 저렇게 날뛰는 괴물을요.

─저 카니세리움은 자기 의지로 움직이는 게 아니야. 저기, 저 사람이 조종하고 있다.

에이어리는 저 멀리 탑 위에 선 마법사들의 여왕을 가리켰다. 그녀의 뾰족한 머리 장식이 마치 피뢰침이라도 되는 것처럼 가늘고 파르스름한 빛기둥이 하늘에서 뻗어 내려온 모습이 보였다. 그 빛깔은 달빛이 상한 것처럼 우중충했다.

─그렇군요.

─예전에도 비슷한 일이 있었지. 가르젠이 그 문제를 해결했어. 너도 들었을 거 아니야?

─그랬던 것 같은데 기억이 잘 안 나요. 저는 그 자리에 없었으니까요.

에이어리는 그 자리에 있었으나 기억에 남는 것이 거의 없었다. 카니세리움의 괴성과 피부의 떨림, 공포, 세상이 흔들리는 것 같은 혼란과 고통만이 그 일이 실제로 일어났다고 말해 주었다.

―그때 가르젠이 한 일은.

11대 대장장이 왕이 만든 칼, 신의 힘이 담긴 칼을 카니세리움에게 던졌다. 신의 힘과 마법의 힘이 충돌하면서 카니세리움은 폭발했다. 에이어리는 분명 그렇게 들은 기억이 있었다. 그리고 공교롭게도 그 황금 칼이 지금 데스커드의 품속에 잘 간직되어 있었다.

―데스커드, 내게 그 칼을 다오.

데스커드는 에이어리의 비장한 태도에 자기도 모르게 물러섰다.

―이 칼을요?

―그래, 그 칼.

―어떻게 하시려고요?

―너에게 거짓말을 할 수는 없지. 자르겠다.

―어째서요?

―저 괴물들과 여왕의 연결을 끊어야 하니까.

―그럼 직접 던지면 되잖아요?

―다시 주우러 갈 시간이 없어. 괴물이 사방에 있고 네 마리나 되니까.

―왕께서 지금 물건을 만드시면 신의 힘이 담겨 있잖아요?

─그냥 담긴 정도로는 부족해. 그건 11대 대장장이 왕께서 오랜 시간 심혈을 기울여 만든 물건이야. 내가 즉석에서 만든 물건이 거기에는 비할 수 없어.

데스커드는 자식을 내어놓는 사람처럼 칼을 내밀었다. 부모님이 그를 탈와르에게 팔 때도 같은 심정이었을까?

─나중에 똑같이 만들어 주실 수 있죠?

─모양이 비슷하게 만들 수는 있지만 완전히 똑같게 만들기는 어려워. 대장장이 왕도 각자의 개성이 있지.

─그렇겠죠. 괜히 이런 걸 주고 가셔서.

─가르젠을 원망하지 마. 덕분에 저 괴물들을 물리칠 수 있게 된 거니까.

에이어리는 데스커드에게서 무기를 건네받자마자 그가 비명을 지를 틈조차 주지 않고 네 토막으로 잘랐다. 나뭇가지를 자르는 것처럼 자연스러웠다. 잘린 덩어리들은 에이어리의 손을 거치자 액체도 고체도 아닌 덩어리처럼 변했다.

에이어리는 바닥에 내려놓은 덩어리들을 하나씩 집어 화살촉 모양으로 변형시켰다. 화살촉에서 한 줄기 선이 나오더니 그대로 화살대가 되었다. 화살대의 끝은 두 갈래로 갈라져 오늬가 되었고, 그보다 조금 앞선 곳의 대는 물집처럼 부풀더니 물고기의 지느러미를 닮은 깃으로 변했다.

방금 만들어진 화살 네 개를 땅에 버리듯 내려놓고 에이어리는 주변의 흙과 돌을 집어 들었다. 빛과 열기를 통과한 물질들은 그의 손을 따라 매끈하고 긴 활의 형태로 변신했다. 끝과 끝이 에이어리의 키를 넘어설 만큼 길었다.

- 활 쏠 줄은 알겠지?
- 아, 너무하시네요. 이 성스러운 칼을 제 손으로 날리라는 말씀이세요?
- 시간이 없으니까 떠들 시간이 있으면 얼른 쏴.
- 머리를 맞히면 되는 건가요?
- 그럴 수 있어? 아니다. 가르젠의 말에 따르면 폭발의 크기가 어마어마하니까 제대로 맞혀서는 안 돼. 그리고 저 불쌍한 카니세리움들은 이용당했을 뿐이야.
- 언제부터 카니세리움을 불쌍하게 생각하셨나요?
- 그 무지막지한 화살에 맞아야 할 신세가 된 다음부터. 네 마리 모두 화살이 꽂히지 않고 피부에 스치게 만들어. 그걸로도 충분할 거야. 동시에 날뛰기 시작하면 마법사 왕국의 여왕이라도 통제하기 힘들 테니까.
- 오늘까지만 여왕이죠.
- 오늘까지만 여왕이라도 지금은 여왕이야.

데스커드는 긴 활을 집어 들었다. 활을 쏘는 훈련을 마지막으로 한 것이 언제인지 잘 기억이 나지 않았다. 에이어리가 성년이 되자마자 신전을 탈출한 다음부터 데스커드는 본래 자기의 임무를 수행하느라 바빴다. 가르젠과 탈와르의 무지막지한 훈련은 아득한 기억으로 변해 있었다.

- 그래도, 그래도 손에는 감각이 남았겠지? 몸으로 익힌 것은 쉽게 잊을 수 없다고 했으니까.

대장장이 왕의 경호원은 활을 들어 시위를 당기려다 말고 다시 내렸다.

- 저, 여기서는 사거리가 안 닿겠는데요?

- 닿을 거야.

- 정말요?

- 내가 만들었으니까.

데스커드는 속는 셈 치고 다시 자세를 잡았다. 본래 긴 활은 당기기가 어려웠지만 에이어리가 만든 물건은 놀라울 정도로 유연하게 구부러지며 힘을 응축했다. 마치 막 잡은 짐승의 힘줄 같은 탄력이었다.

- 대단하네요.

- 집중해서 쏴. 화살이 딱 네 개뿐이니까.

- 걱정하지 마세요.

마지막 음절이 끝나는 것과 동시에 화살이 솟구쳐 올랐다.

화살은 카니세리움의 몸을 훌쩍 넘어 뒤편 땅에 꽂혔다. 그나마 다행인 점은 카니세리움이 그것만으로도 혼란을 느끼기는 하는지 몸을 뒤튼다는 사실이었다.

― 그렇게 큰 과녁을 맞히라고 활을 만들어 주고 데리고 다니는 게 아니야.

― 처음이니까 그렇죠. 이제 감을 잡았어요.

데스커드는 숨을 고르기도 전에 방향을 정하고 두 번째 카니세리움에게 화살을 날렸다. 이번에는 괴물의 커다란 앞발에 화살이 꽂혔다. 괴물이 어찌나 심하게 발광하는지 그 주변은 폭풍을 만난 것처럼 쑥대밭이 되었다.

― 이러다가 우리 편이 다 죽겠는데?

데스커드는 등이 화끈거릴 만큼 당황했다.

― 지금부터는 제대로 쏠게요.

세 번째 화살은 데스커드의 심경을 대변하듯 카니세리움의 등에 한 줄기 상처를 남기고 지나갔다. 괴물이 사람의 뼈를 부수고 녹이는 비명을 지르며 날뛰었다.

데스커드가 마지막 화살을 장전하려는데 에이어리가 다가와서 그를 말렸다.

― 그 정도면 충분해.

마법사가 마법의 바람을 이용하는 것은
그 힘을 소유하는 것과 다르다.
자연스러운 바람의 방향을 틀어 불균형을
만들어 내고 거기서 작은 이익을 취하는 것이다.
이러한 일탈은 길게 지속될 수 없다.
곧 다시 평형을 되찾는 것이 자연 본래의 작용이다.
이런 원리로 생각해 볼 때 괴물과 정신을
동조하는 것에는 작은 위험이 있다.
연결이 끊기고 모든 것이 자연스럽게 흩어질 때
인간의 것이 인간에게로, 괴물의 것이 괴물에게로
돌아간다는 보장이 없는 것이다.
즉, 인간의 정신이 괴물로 스며들고
괴물의 정신이 인간에게 침투하게 된다.
그래서 우리의 선조 마법사들은 이 기술을
금기에 가까운 마법으로 정해 놓고
되도록 사용하지 말 것을 후손들에게 당부했다.
그러나 지식이 존재하는 한 그것을 사용하려는 자가
나오는 것은 막을 수 없는 일이다.

이 책을 읽는 후대 마법사들에게 질문을 남긴다.

그대는 파멸의 지식이 태어났을 때 어떻게 대처하겠는가?

죽이겠는가, 교화하겠는가, 땅속에 파묻고

다시 드러날 날을 기다리겠는가?

XV

**쿠오피오의 안개가 돌아오지만
에이어리는 바로 떠나지 못한다**

에이어리는 손가락을 들어 탑 꼭대기를 가리켰다.

―여왕에게는 이미 충분히 타격을 줬어. 저 한 마리까지 상처 입힐 필요는 없지.

데스커드는 카니세리움이 왕의 원수가 아니었냐고 물으려다가 그만두었다. 하기는 카니세리움이 자기 의지로 인간을 해친 적이 있던가. 예전에는 흔하게 그랬을지 몰라도 요새 전쟁터에 등장하는 괴물 중의 괴물은 인간의 도구일 뿐이었다. 여전히 경외감을 자아내는 존재에게서 이제는 서글픔도 함께 느껴졌다.

데스커드는 왕의 눈에서도 같은 동정을 발견하고 그의 손가락을 따라 쿠오피오의 입구로 눈을 돌렸다. 여왕의 머리에서 솟아오르는 빛은 아까보다 훨씬 가늘어져 있었다.

다이아몬드 카분의 몸이 제멋대로 흔들려서 멀찍이 떨어진 사람들에게는 아지랑이 너머로 보는 것처럼 윤곽이 희미했다. 몸의 동요는 마음의 동요도 함께 불러올 것이다.

– 그냥 놓아두면 끝나겠네요. 여왕이 없으면 저들의 반란은 금방 무너지겠지요. 마치 왕께서 지난번에 못 하나를 빼서 탑을 무너뜨리신 것처럼요.

– 그 이야기는 하지 않는 게 좋겠다, 데스커드. 아무튼 네 식견에는 찬성하지만 엄밀하게 따지면 이쪽이 반란군이야.

– 저쪽이 먼저 반란을 일으켰잖아요?

– 그리고 이겼지.

에이어리의 말을 듣고 데스커드는 진지하게 일어난 일들을 곱씹었다.

– 자, 역사학자가 되는 것은 우리의 일이 아니야. 나머지 화살은 마법사 왕국을 다스리는 여왕님께 드리자. 그러면 이 혼란도 끝이 나고 쉴 수 있을 테니까.

에이어리가 손가락으로 가리킨 사람은 아직도 격렬하게 떨면서 괴물을 제어하는 일을 포기하지 않고 있었다.

데스커드는 마지막 남은 화살을 재어 공중에 날렸다. 공기의 저항과 땅이 끌어당기는 힘에 맞서며 날아가는 화살은 처음에 목표를 너무 높이 잡아 태양을 향해 날아갈 것처럼 보였다. 그러나 아직 땅을 떠날 준비가 되지 않았다는 듯 그 궤도를 유연하게 낮추어 여왕에게 접근해 갔다.

겨우 사거리가 닿을 만큼 먼 거리에서는 정확한 조준이라는 것이 어려웠지만 데스커드의 솜씨가 신묘했거나 놀라운 우연이 발생한 탓에 화살은 카분의 가슴을 꿰뚫는 방향으로 정확히 나아갔다. 마법사 왕국의 통치자가 불청객의 존재를 알아차린 것은 불과 눈 한 번 깜짝한 다음 통증을 느껴야 할 시점이었다.

그러나 그전에 만남을 방해하는 것들이 있었다. 화살은 본래 대장장이 왕이 만들어 신의 기운이 깃든 물건이었다. 카분의 주위는 자연스럽지 않게 뭉친 마법의 바람으로 가득했다. 둘이 만나면 강하게 반응하는 속성은 여전했다. 폭발이 뿜어낸 빛이 에이어리와 데스커드, 아리셀리스와 카르멘, 울릭과 부하들의 눈을 사정없이 쏘셨다.

소리는 이어서 찾아왔다. 눈과 귀가 마비된 사람들은 손을 더듬어 바닥을 찾은 다음에야 안식이라고 부르기도 민망한 위안을 얻었다.

– 어머니.

울릭은 불길한 예감을 떨치지 못하고 바닥의 흙을 쥐며 오열했다. 아리셀리스는 순간적으로 청력을 잃다시피 한 상황에서 이상하게 그 소리만은 똑똑히 들을 수 있었다. 이 구슬픈 울음을 듣고 나니 더 이상 울릭을 미워하거나 공격할 마음이

들지 않았다. 자고 일어나면 내일은 새로운 증오가 솟겠지만 오늘은 여기까지였다.

사람들의 감각이 회복되었을 때 카니세리움은 모두 사라지고 없었다. 마치 처음부터 그런 종은 세상에 나타난 적이 없었고 모든 것이 사람의 상상으로만 존재했다고 말하는 것 같았다. 카니세리움의 이빨에 몸이 뚫리고 발톱에 몸이 찢긴 사람들조차 자기의 부상이 어디에서 왔는지 말할 자신이 없었다.

에이어리는 눈을 들어 카분이 서 있던 탑 꼭대기가 박살 난 것을 보았다. 평소대로라면 농담을 던졌을 것이다. 아리셀리스 님이 저걸 우리한테 물어내라고 하지는 않겠지? 그러면 데스커드는 왕이 시키셨으니까 왕이 고쳐서 갚으시지요, 하고 대답했을지도 모른다.

그러나 데스커드도 왕과 같은 마음이었다. 둘은 세상의 모든 진미를 질리도록 맛보고 나서 음식 자체에 질려 버린 미식가처럼 따분함을 느꼈다. 그들은 이 순간 어떤 것으로도 기뻐할 수 없었다.

루비 카르멘은 가장 먼저 회복한 사람이었다. 그녀는 부상자들을 돌보고 또 그렇게 하라고 부하들에게 명령했다. 보살핌을 받아야 할 사람은 적과 아군으로 나누지 않았다.

다이아몬드 울릭은 손에 창을 쥔 채로 아리셀리스와 라토가 회복되기를 기다렸다. 원한다면 그를 죽이는 일이 어렵지 않았지만 그는 그럴 의도가 없었다. 어쩌면 처음부터였다.

시간이 흐르고 마지막으로 마법사 중의 마법사에게 감각이 돌아왔다. 그는 자기를 빤히 들여다보는 울릭을 확인하고 기뻐했다.

-울릭.

-저는 항복하겠습니다.

-고맙네.

울릭이 창을 버리자 부하들도 무기를 버리고 투항했다.

-나를 죽일 수 있었지만 죽이지 않아서 고맙다는 뜻이야. 나는 이 일을 잊지 않을 거야.

아리셀리스와 라토는 울릭에게 아무 조치도 취하지 않았다. 원한다면 그가 다시 창을 집어 공격할 수도 있었다. 그러나 누구도 그런 일이 일어날 것을 이상하리만치 걱정하지 않았다.

대장장이 왕은 싸움이 끝나고 거의 한 시간이 지난 다음에야 마법사 왕국의 예전 왕이자 새 왕이 될 사람과 다시 만날 수 있었다. 양쪽 모두 미적거린 탓이었다.

-제가 개입한 것은 주제넘은 일이었습니다.

에이어리는 전쟁에 뛰어들어 한쪽 편을 들었다. 그는 이런 행동이 신을 화나게 했을까 두려웠다. 오카브가 걱정했던 것이기도 했다.

　―오늘 승패가 바뀔 뻔했습니다. 모두가 대장장이 왕의 공입니다.

　몸은 아리셀리스였지만 목소리는 라토였다. 이제 에이어리도 그쯤은 알 수 있었다.

　―올바른 선택이었기를 바랍니다.

　―저와 함께 안으로 들어갑시다. 그러면 모든 것을 아시게 될 겁니다.

　승리한 군대와 패배한 군대는 특별히 구분되지 않고 함께 커다란 무리를 이루며 전진했다. 개미 떼의 행진을 닮았다고도 볼 수 있고 애벌레가 몸을 꿈틀거리며 앞으로 나아가는 것과도 비슷했다. 구성원들을 확인해 보면 승자는 아무도 없고 모두 패자인 듯했다. 라토와 아리셀리스는 옆에서 함께 걷고 있는 루비 카르멘에게 말을 걸었다.

　―저걸 잘 봐 둬. 평생 다시는 볼 수 없을 테니까.

　카르멘은 바닥이 앙상하게 드러난 쿠오피오의 바닥을 보고 괜히 몸서리를 쳤다.

　―저걸 봐서 무슨 좋은 일이 생긴다는 거지?

　―쿠오피오가 진정 무엇인지 알게 되지. 안개는 치졸한 가

림막이야. 우리는 이제 진실을 향해 나아가야 해.

연설 같은 말투가 거슬렸지만 카르멘은 잠자코 소꿉친구들의 말을 들었다. 꿈에 나오면 악몽이 될 것 같은 풍경을 머리에 단단히 새겨 넣었다. 최소한 몇 년 동안은 쉽게 잊히지 않을 듯했다.

-그러면.

카르멘은 시선을 다시 앞으로 돌리면서 물었다.

-이제 쿠오피오에는 안개가 돌아오지 않는 거야?

-아니, 내게 그럴 능력은 없어. 저건 자연의 조화야.

자세히 보면 하얀 실 같은 것이 바람에 나풀거리며 늪의 가장자리를 침식하는 것을 확인할 수 있었다. 안개는 돌아오고 있었다. 부끄러움을 가려 주는 밤이 오면 안개도 슬며시 자리를 잡을 것이다. 아침이 되면 쿠오피오는 예전과 같이 안개 요정이 장난치는 땅으로 변할 것이다.

그러나 이날 쿠오피오에서 전쟁을 치른 사람들은 그 앙상하고 메마른 땅의 모습을 영원히 기억할 것이다. 그것이 사람들의 삶에 큰 영향을 끼치지는 않겠지만 어쨌든 안개는 그 마력을 잃었다.

다이아몬드 카분이 떨어진 탑은 진작 반란군이 점령해 두었다. 그들은 라토와 아리셀리스와 카르멘을 위해 부지런히

잔해를 치웠다. 그중 하나가 카르멘에게 와서 보고했다.

- 여왕은, 죄송합니다, 다이아몬드 카분은 여기 없습니다.

형체도 남지 않게 탔거나 아직 살아 있다는 뜻이었다.

- 도망쳤군.

- 아마도 그랬을 거야. 그 사람은 너희들이나 내가 생각하는 것보다 대단한 마법사니까. 가짜 세계를 만들어서 나를 몇 시간이나 가두었어. 그런 건 루비 가문의 수장이었던 나도 어려웠을 텐데.

카르멘은 카분 역시 한때 루비 가문의 수장 후보였다는 사실을 떠올렸다. 그녀의 재능은 쌍둥이보다는 못하지만 다른 누구보다도 뛰어났다.

- 그러고 보니 루비 가문에서 가장 훌륭한 마법사들은 여자로 태어나는군.

라토의 감상은 적을 대하는 것 같지 않게 침착했다. 이 말을 끝으로 쌍둥이는 입을 다물었다. 카르멘 역시 누구와 대화하고 싶은 기분이 아니었다.

대장장이 왕과 경호원은 행렬의 맨 끝에 있었다.

- 왕이시여, 우리는 이제 신전에 돌아가야 하는 것 아닙니까? 더는 할 일이 없습니다.

- 그렇지.

-그럼 어서 인사하고 가시지요.

-아무리 그래도 지금 가는 것은 적절한 예의가 아니다.

-저는 저 땅에 다시 들어가는 것이 불안합니다.

-어째서?

-그냥 감입니다.

-실은 나도 비슷한 생각을 하고 있었지.

-정말로요?

-그래, 이 싸움에 내가 필요하지는 않았어. 나도 원래는 개입할 생각이 없었고. 그런데 어째서 저 사람들이 날 여기까지 초대한 걸까?

-그 이유가 있다는 말씀이죠?

-이유가 있어. 저 왕국에 들어가면 알게 될 거야.

에이어리와 데스커드는 마법사 왕국의 영토에 들어섰다. 데스커드는 대장장이 왕의 검을 넣어 두었던 품이 허전해서 몇 번이나 가슴을 쓸어내려야 했다. 집으로 향하는데 열쇠를 잃어버린 사람의 불안감 비슷한 것이 그의 마음을 들쑤셨다.

다시 행렬의 앞으로 돌아가 보면 마법사 왕국으로 입성하는 라토와 아리셀리스를 영접하러 나온 사람이 몇 명 있었다. 먼저 오닉스 가문의 수장 치안출과 오괄 타리크였다. 이들은 반란의 주체나 다름없었으면서도 항상 라토가 왕이었다는 듯이 고개를 숙였다. 라토는 손을 내저어 그들을 보냈고 둘은 안심하는 눈빛을 교환했다.

이어서 감옥에 갇혀 있었던 사파이어 가스파르가 그들 앞에 나섰다. 서둘러 오느라 매무새를 가다듬지도 못한 초라한 모습이었다. 자초지종을 물으니 반란군이 승리했다는 소식을 듣고 간수가 서둘러 내보내 주었다는 대답이 돌아왔다.

- 많은 고생을 겪으셨군요, 가스파르 님.

가스파르는 머리를 숙이며 왕에게 대답했다.

- 제가 한 것은 고생도 아닙니다. 많은 사파이어와 에메랄드와 루비가 저보다 큰 고초를 겪었습니다. 그들의 젊음이 제 한 몸보다 하찮은 것이겠습니까?

이 말은 겸양에서 나온 것이 아니라 일어난 일의 담담한 회고에 가까웠다.

라토와 아리셀리스는 탄식했다. 에메랄드라는 성을 가지고 태어난 사람들이 탄압을 피할 기회는 단 한 번밖에 없었다. 제국에서 왔다는 예언자의 허무맹랑한 말을 좇아 모든 재산을 버려두고 망명길에 올라야 가능한 일이었다. 남의 말을 쉽사리 믿지 않고 이성적으로 따져 보았던 사람들은 당연히 남는 쪽을 택했는데 결과를 놓고 그들을 어리석었다고 탓하는 것은 무리한 일이었다.

마법사 왕국에 일단 들어온 다음부터는 저항이 없었다. 카분이 쿠오피오의 입구까지 나와서 직접 카니세리움을 조종한 이유도 여기에 있었다. 왕국의 남은 마법사들은 다이아몬드 카분을 섬기면서도 에메랄드 라토를 여전히 그들의 왕이라고 생각했다.

그런 마음은 한순간 결심한다고 금방 바뀌지 않았다. 그래서 여왕은 이전 왕이 영토를 밟기 전에, 남의 눈에 뜨이기 전에 막으려고 했었다. 궁전까지 통하는 대로에는 구경 나온 사람들이 많았는데 붉은색과 녹색 옷도 드문드문 보여 승리자들을 안심시켰다.

궁전 천장에 매달린 태양을 본뜬 파란 조명은 여전했다. 라토와 아리셀리스와 카르멘은 왕좌가 어디 있는지 잘 알았기에 망설임 없이 그 안을 활보했다. 세 사람을 지키기 위해 에메랄드와 루비의 개선군이 뒤따랐다. 이들과 섞여 있던 패잔병들은 어느덧 사방으로 흩어져 행렬의 성분을 순수하게 만들어 주었다.

끄트머리에는 싸움에 참여할 생각이 없었던 사람들이 있었다. 에이어리와 데스커드, 그리고 위대한 조언자 아녜시가 대표적이었다. 아녜시는 자기에게 주어진 예언이 놀라운 방식으로 실현된 것에 감동해 있었다.

너는 쿠오피오의 안개를 다시 통과하지 못할 것이다. 그대로 되었다. 지난번 마법사 왕국을 탈출할 때는 북쪽 산을 넘어가느라 안개를 거칠 필요가 없었다. 이번에는 에메랄드 형제가 아예 안개를 멀리 몰아내 버리는 바람에 죽음의 냄새가 풍기는 쿠오피오를 지나올 수 있었다.

앞날을 지나치게 걱정하는 사람이라면 다시 마법사 왕국을 나갈 일을 고심해야 마땅하겠지만 아녜시는 미련을 버렸다. 그녀는 이 땅에서 남은 생을 보내는 것도 나쁘지 않겠다고 생각했다. 물론 먼저 와서 자리 잡은 예언자 집단에게는 최악의 악몽 같은 일이었다.

이변은 왕좌 앞에서 일어났다. 라토와 아리셀리스가 한사코 그 의자에 앉기를 거절한 것이다. 형제는 오랜 친구에게 자리를 권했다.

- 내가?

카르멘의 얼굴이 루비보다 붉게 상기되어 보였다.

- 우리 몸에 든 두 사람 중 하나는 이미 질리도록 왕 노릇을 해 보았고, 나머지 하나는 죽어도 그걸 할 생각이 없지. 그러니까 마땅한 사람에게 왕좌를 돌릴 수밖에.

- 그러나 공정한 경쟁을 통해서 선발해야.

- 그러면 그때까지 임시로 왕을 하는 것은 어떨까?

루비 카르멘은 사방을 둘러보았다. 사파이어 가스파르를 비롯해 누구도 형제의 제안에 반대하지 않는 것처럼 보였다. 어느새 궁전 안으로 슬며시 미끄러져 들어온 오닉스 치안출과 오팔 타리크조차 사람 좋은 미소를 지으며 연신 고개를 끄덕였다. 저 재수 없는 에메랄드 형제가 왕이 되는 것보다는 훨씬 좋은 선택이 아니겠소?

루비 가문의 수장이자 왕국의 지배자라. 나쁠 것이 무엇이겠는가? 실은 아주 오랫동안 꿈꾸지 않았던가. 라토가 있었기에 양보했던 것이지 그가 없다면 그녀보다 더 적합한 사람이 어디 있겠는가?

―어서 앉으십시오.

가스파르가 옆에서 재차 권유했다. 루비 카르멘은 마침내 사람들의 기대에 응해 오래된 의자에 앉았다. 딱딱한 바닥에 피부가 닿는 순간 찌릿한 감각이 전해졌다. 사람들은 권력을 지극히 무거운 것으로 오해하지만 막상 그것은 가볍고 자극적이었다.

―루비 카르멘 만세.

―여왕 만세.

사람들의 환호가 밤새 이어졌다. 이날은 승자에게나 패자에게나 축제의 날이 되었다. 술과 음식이 무한대로 공급되었고 떠들썩한 자리에서 마시는 자 중에는 다이아몬드 가문의 옷을 입은 것도 모자라 한낮에 있었던 전투에서 라토와 아리셀리스를 포위했던 병사까지 있었다.

누구도 남에게 신경을 쓰지 않는 분위기가 되자 에메랄드 형제가 에이어리를 찾아왔다.

- 잠시 저희와 함께 이 나라를 걸으시겠습니까?

에이어리는 흥겨움에 취한 데스커드를 내버려 두고 자리에서 일어났다.

✦ 작품 해설 ✦

존재의 윤리, 윤리의 존재

오세란 문학평론가

　7권을 읽을 때까지는 이야기의 후반부 윤곽이 점차 드러나는 듯하였으나 8권을 읽으니 다시 오리무중이 되었다. 뒷이야기를 미리 예상한 나의 조급함을 다시 원망하는 순간을 맞았다. 이 작품은 작가가 숨겨 둔 이야기의 비밀을 독자가 추리하며 그것이 어긋나면 어긋나는 대로, 맞아떨어지면 맞아떨어지는 대로 이야기를 즐기는 플롯을 가지고 있는 듯하다.
　따라서 이번 편에서는 앞으로의 이야기를 상상하기보다는 본래 판타지가 가지고 있는 본질적 지점에 대해 함께 고민해 보고자 한다. 최근 판타지는 판타지 장르가 가진 가치가 퇴색하고 지엽적인 재미가 앞서가는 경향이 있다. 판타지 작가이자 SF 작가인 어슐러 K. 르 귄은 오래전 「어스시」 시리즈 5권 해설에서 현대 판타지는 위험을 무릅쓰거나 무언가를 창안해 내지 않으며, 원래 것을 베껴 하찮게 만들 따름이라고 강도 높게 비판했다. 지적인 옛이야기를 가지고 와서 인물들을 인형같이 조종하고 이야기가 말하는 진실을 감상적으로 바꾸어 놓았다는 것이다. 또한 깊은 고뇌를 동반한 '도덕적 선택'은 삭제되고 이야기가 귀엽고 안전해진다고도 지적한다. 위대한 이야기를 낳은 꿈의 착상이 판에 박힌 이야기로 복제되어 장난감으로 전락한다•고 뼈아픈 일침을 가했다.

  르 귄이 오래전 느낀 현대 판타지에 대한 아쉬움이 최근 우리나라의 판타지에도 적용되는 것은, 평론가도 독자도 판타지가 가진 본질적 가치를 간과하기 때문이다. 이번 편에서는 이 작품이 가진 '존재'와 '윤리'에 관한 의미를 짚어 보고자 한다. 이 두 가지는 한 인간이 세상에서 어떻게 살아가느냐의 문제로 연결된다. '존재'는 인물이 가진 정체성에 대한 질문으로 곧 '나는 누군가'이다. 또한 판타지는 존재가 자신에 대

• 어슐러 K. 르 귄, 『어스시의 이야기들: 어스시의 마법사 제5권』, 황금가지, 2008, 12-13면

해 알아나가는 과정을 선과 악을 조우하는 서사로 부려 놓는다. 이 작품은 사제, 왕, 장군, 마법사같이 마치 타로 카드에 등장할 듯한 인물군을 중심으로 그들이 세상에 뛰어드는 모습을 재현한다.

사제와 왕, 하늘의 법과 땅의 법

많은 판타지들이 '나는 누구인가', 곧 존재에 대한 질문을 던진다. 그리고 정체성을 찾는 과정은 대개 성장의 플롯으로 진행된다. 이 작품 역시 전쟁고아 에퍼였던 어린 소년 에이어리가 사제 중의 사제, 대장장이 왕으로 성장하는 판타지다. 전쟁고아를 뜻하는 에퍼가 에이어리의 어린 시절 이름이었던 것은 그것이 그의 정체성의 출발점이기 때문이다. 혼란한 전쟁터에서 보호자 없이 생존하며 여관에서 불을 지키던 어린 소년이 대장장이 왕의 자리로 옮겨진다. 우리가 그동안 읽었던 대로 그는 여러 우여곡절과 실수를 겪으면서도 사제들에 의해 대장장이 왕으로 키워진다. 독자들은 에이어리가 죽음에 가까이 가고 용감하게 용과 만나며 새로운 언어를 배우는 모험을 흥미롭게 지켜보았을 것이다.

특히 7권에서 에이어리는 '이름 없는 관찰자'였던 1대 대장장이 왕과 만나 세상에서 떨어진 마을로 이동하여 잠시 자신의 정체성에 대해 숙고하는 시간을 가진다. 이때 에이어리는 자신의 역할이 그저 신의 힘을 담아 놓은 그릇임을 깨닫는다. 그러나 그것은 단지 '그저'가 아니며 사실상 매우 큰 역할이다. 즉 그는 세상의 법이 아닌, 창조자의 법을 대리하는 윤리관을 가져야 할 인물군의 대표다. 에이어리는 세상에 살면서도 세상 법이 아닌 창조자의 법을 대리 집행하는 역할을 맡았다.

이 작품은 바로 창조자의 법을 선포해야 할 1대 대장장이 왕이 자초한 월권행위에서 출발한다. 1대 대장장이 왕은 모든 것을 창조할 수 있는 능력을 이용하여 루 도인을 만들어 내는 죄를 마법사의 왕 세타세와 공모했다. 즉 우리가 읽는 이야기의 기원은 사제가 시작한 윤리성의 위배에서 출발하며, 그것을 돌이켜야 할 속죄의 역할이 에이어리에게 맡겨져 있다.

'사제'들이 창조자의 법을 위임받은 집단이라면 '왕'은 땅의 법을 만들어 땅을 통치하는 존재다. 제국의 현재 황제인 팔라스 펠리스와 권좌를 빼앗긴 후 다시 에젠 황제가 된 오셀롯 펠리스 등은 전쟁을 통해서라도 권력을 쟁취하거나 유지하는 것이 존재 이유인 이들이다. 스타인 왕국의 본래 통치자인 레푸스 가계에서도 이를 엿볼 수 있다. 오늘날 사용하는 표현으로는 정치가라 할 수 있으나 공화정이 아닌 왕정을 배경으로 하는 이 작품에서는 '왕'이 곧 입법, 사법, 행정을 모두 휘두르는 땅을 지배하는 통치권자다. 이들의 권력 싸움으로 세상은 언제나 전쟁 상태가 된다.

이들의 '권력 싸움'은 '선한 행위'라 볼 수 없으나 그렇다고 단순히 '악한 것'이라고 규정하기에는 매우 복잡한 속내가 얽혀 있다. 통치자들은 권력을 빼앗기지 않아야 하지만 그것을 유지하기는 힘들다. 이에 세상의 분열은 언제나 예정되어 있다. 그러나 권력 쟁취를 목적으로 한 싸움은 본질적으로 허무한 구석이 있다. 그것이 반복되면서 최종적으로 무엇을 위한 통치이며 무엇을 위한 권력인지 알 수 없게 되기 때문이다. 8권 후반부에 벌어지는 '12일에 일어난 다섯 가지 사건' 중 황제의 측근이자 자신의 정체를 숨겨 왔던 루 도인 작이 주도한 두 황제를 암살하려는 시도에서 권력의 속성을 일부 엿볼 수 있다.

장군과 마법사, 세상을 움직이는 자들

이 작품의 주인공은 에이어리이고 독자들은 그에게 '선한 세상'의 가치를 좇는 윤리적 역할을 기대한다. 이러한 주인공은 플롯에서 서사적 갈등을 스스로 일으키는 인물이 아니며 도리어 악을 일으키는 집단을 쫓아서 그들의 악행을 막아 내는 방어형 인물이다. 따라서 이러한 작품들의 매력과 재미는 종종 주인공이 아닌 갈등을 일으키는 인물들에게 맡겨져 있다.

  이 작품에는 다양한 장수와 군인이 등장한다. 제국의 황제 자리를 탈환하려는 에젠 왕국의 오셀롯은 페누아 놋과 마법사 왕국의 마법사들, 루 도인 등을 포섭하여 한편으로 만들었다. 제국에는 바실 장군을 비롯해 아베로에스, 젤레즈니, 플리니 대공과 마르쿠스, 수무르가 중심이 된 스타인 출신들, 애커 왕국, 그리고 마법사 왕국의 라토와 아리셀리스 등이 모였다. 이들은 각자의 처지에 따라 주군을 중심으로 모여 섬기며, 한편으로 자신의 나라를 지키고자 한다. 본래 학자였으나 대공이 되어 결국 전쟁까지 합류하게 된 플리니 대공 같은 인물의 궤적이나 레푸스의 신하였다가 전쟁에 참여한 마르쿠스 장군의 일관된 충성심도 흥미로운 대목이다. 그들은 다양한 위치에 있었으나 저마다의 명분과 실리로 전쟁에 참전한다. 그들은 어느 한쪽 편이지만 그 과정에서 흥망이 엇갈리거나 자칫 생명마저 잃는 피해자가 될 수도 있다.

  즉 이들은 왕을 대신하여 세상을 움직이는 손과 발이다. 실제로 이들이 어떻게 움직이느냐에 따라 세상은 선해지기도 악해지기도 한다. 이들이야말로 실제 세상이 어떻게 될지 보여 주는, 작품의 윤리적 가치와 직결되는 인물들이다. 이것을 첨예하게 보여 주는 장면이 8권 후반에 등장한다. 제국의 황제인 팔라스 펠리스를 암살하려는 시도와 같은 날 새벽 벌어진 에젠 황제 오셀롯을 암살하려는 시도가 그것이다. 두 사건 모두 지금까지 두 황제를 번갈아 호위하던 작이 주도한다. 그는 왜 두 권력자를 암살하려고 하였을까? 작은 둘의 권력 싸움이 지긋지긋해졌다는 표면적 이유를 내세우기에 '악의 화신'으로 칭해지며 절대 악으로 등극한다. 그러나 작이 왜 두 황제를 제거하려 했는지 작의 내면에 숨겨진 욕망은 이후에 밝혀질 것이다.

 이제 마지막으로 '마법사' 집단이 남았다. 이 작품에서 가장 매력 있는 존재로 등장하는 마법사들은 어떤 윤리관을 가졌을까? 이들은 세상을 움직여 선한 바람이 불도록 혹은 반대로 악의 기운이 퍼지도록 만들 수 있는 능력자 집단이다. 가령 루 도인을 만들 때 그들에게 불의한 능력을 행사한 마법사의 왕 세타세는 작품 속 세계에 악을 불어넣은 자이다.

 마법사들의 마법은 어떤 방향으로 사용될지 가늠하기 어렵다. 더구나 현재 마법사들은 다양한 보석만큼 다채롭게 나누어져 있으며 작품 내내 다이아몬드 카분을 정점에 두고 그를 몰아내려는 루비와 아리셀리스 및 그의 몸에 들어간 라토 등이 싸움을 벌이고 있다. 마법을 무기로 한 이들 싸움의 결과는 예상할 수 없다. 이들의 기운이 어떤 방향으로 작용할지는 베일에 싸여 있다. 마법사들이 어떻게 움직일지가 이 작품에 남겨진 플롯이며 이는 숨겨짐과 드러남이 교차하며 진행될 것이다. 마법사들이 벌이는 최후의 행위야말로 이 작품이 가진 '윤리적 가치'가 드러나는 장면일 것이다.

  이번 편에서는 흥미롭게도 많은 인물들이 종적을 감춘다. 황제의 호위 무사로 살다 반역을 꾀하며 악의 화신으로 떠오른 작, 탐욕적으로 권력의 정점을 꿈꾼 여성 마법사 다이아몬드 카분 그리고 수도를 떠나 피신한 황제 팔라스 펠리스 등이다. 앞으로 초월적 힘을 모은 라토와 아리셀리스 등의 중요 마법사들이 종적을 감춘 이들과 모여서 벌이는 싸움과 에이어리의 역할에서 우리는 이 작품이 선과 악을 다루는 방식을 읽을 수 있을 것이다.

  서두에 인용한 글에서 어슐러 K. 르 귄은 최근 판타지가 초심을 잃었을지라도 여전히 중요한 것은 '상상'이라고 말한다. 상상마저도 상업적으로 소비되거나 얄팍한 교훈으로 포장되지만 그럼에도 독자의 상상은 중요하다는 것이다. 또한 상상을 통해 만들어 낸 판타지 속 세계는 흥망성쇠를 반복한 인간의 역사에 존재했던 국가들과 동일한 가치를 가지고 있다고 말한다. 즉 인간은 오랜 세월 역사 속 국가와 판타지 속 왕국 모두에 발을 딛고 살아 왔으며 양쪽 모두 독자에게 큰 영향을 미친다는 것이다. '대장장이 왕'이 활약하는 세계는 우리에게 어떤 의미를 가질까? 대장장이 왕을 비롯한 신의 대리자들, 세상을 통치하는 권력자들, 그들을 옹위하면서도 저마다의 지략을 펴는 무사들 그리고 초월적 힘으로 세상의 방향을 바꾸는 마법사들까지 그들이 저마다 달려가는 자리는 곧 우리 내면의 윤리의 방향이다. 이 작품에서 벌어지는 전쟁을 목격하며 나는 내 마음속 선악의 좌표를 읽는다.

대장장이 왕 8

나, 관찰자가 루 도인의 기원에 얽힌 마지막 이야기를 전한다

초판 1쇄 인쇄 2025년 4월 4일
초판 1쇄 발행 2025년 4월 16일

지은이 허교범
펴낸이 최순영

어린이 문학1 팀장 박현숙
편집 김민정
키즈 디자인 팀장 이수현
디자인 진예리

펴낸곳 (주)위즈덤하우스
출판등록 2000년 5월 23일 제13-1071호
주소 서울특별시 마포구 양화로 19 합정오피스빌딩 17층
전화 02) 2179-5600 **내용문의** 02) 2179-5707
홈페이지 www.wisdomhouse.co.kr

ⓒ 허교범, 2025
ISBN 979-11-7171-403-2 44810
    979-11-6812-417-2 (세트)

- 이 책의 전부 또는 일부 내용을 재사용하려면 반드시 사전에 저작권자와 (주)위즈덤하우스의 동의를 받아야 합니다.
- 인쇄·제작 및 유통상의 파본 도서는 구입하신 서점에서 바꿔드립니다.
- 책값은 뒤표지에 있습니다.